U0703164

藏書

珍藏版

論語

于立文 主編

貳

遼海出版社

目　录

姜尚辅周拯救天下苍生………………（1）
齐桓公姜小白选贤改革………………（10）
颜回讲德修义孔子称赞………………（15）
董仲舒三次对策汉武帝………………（16）
董仲舒追求的儒学思想………………（24）
道之以德，齐之以礼………………（32）
晋文公姬重耳文治武功………………（34）
孔子行礼虚心求教渔夫………………（42）
周公制定礼乐典章制度………………（43）
孔子胸怀理想实地考察………………（50）

世界级医学伟人张仲景 …………… (58)

孟懿子问孝 …………………………… (66)

孟子自我培养浩然正气 …………… (67)

杨王孙裸葬反铺张浪费 …………… (75)

祭遵克己奉公称楷模 ……………… (76)

马太后不为亲族谋私 ……………… (80)

寒朗不惜冒死平冤狱 ……………… (86)

是仪不存私心勤奉公 ……………… (92)

子游问孝 …………………………… (96)

童年贪玩的大儒孟子 ……………… (98)

秦代对孝道思想的继承 …………… (101)

汉文帝家事国事两相宜 …………… (107)

缇萦上书救父废除肉刑 …………… (115)

与月同辉的天文学家刘洪 ………… (116)

视其所以 …………………………… (123)

吴王阖闾称雄一时 ………………… (125)

吕不韦巨富不忘大义 ……………… (128)

巴寡妇清仗义援国 ………………… (134)

司马迁大义退玉璧 ………………… (141)

富贵贫寒不以貌论 …………………………… (146)

我国数学史上的牛顿刘徽 ………………… (147)

先行其言而后从 ……………………………… (152)

越王勾践卧薪尝胆 …………………………… (153)

公孙闬巧言祸国 ……………………………… (158)

荀子坚信人定胜天 …………………………… (159)

墨子行侠甘洒热血 …………………………… (165)

12岁做上卿的甘罗 …………………………… (172)

杰出的科学家祖冲之 ………………………… (177)

知之为知之 …………………………………… (181)

韩非著书实现改革 …………………………… (183)

杰出的农学家贾思勰 ………………………… (184)

伟大的地理学家郦道元 ……………………… (194)

杜甫以诗抒发爱国情 ………………………… (200)

范仲淹先天下而忧 …………………………… (208)

举直错诸枉 …………………………………… (216)

刘邦任用贤能治国 …………………………… (218)

功不可没的天文学家刘焯 …………………… (219)

唐代杰出天文学家一行 ……………………… (224)

明太祖知恩报乞丐……………………（229）

明成祖建寺报母恩……………………（234）

宋濂一生坚守信义……………………（239）

人而无信……………………………（243）

锐意进取的秦汉文化…………………（245）

司马迁身残志坚著史…………………（250）

张骞冒险去西域………………………（254）

班超愤然投笔从戎……………………（263）

马援的誓言万丈豪气…………………（273）

姜尚辅周拯救天下苍生

姜尚胸怀济世之志，致力于拯救天下苍生，以一种使命感和责任感，辅佐周王建功立业。这是对尧舜禹开创的"天下为公"精神的继承，以至于被后来的儒、道、法、兵、纵横诸家尊为"百家宗师"。

姜尚，祖居东海，商纣王时寄居商的都城朝歌城南，为生活所迫，以卖笊篱、面粉、牛肉、酒及贩猪羊为生，均不顺利。后在朝歌街口上开算命馆，接着到商纣王那里谋了个下大夫的职位，但他见商纣王荒淫无道，便辞官隐居。

姜尚是个有雄才大略的人，想施展自己的抱负，可是一直怀才不遇，大半生在穷困潦倒中度过。岁月蹉跎，转眼已到了垂生暮年，两鬓白发苍苍。他听说当朝贤主周文王的圣名后，便来到渭水河畔，假借垂钓之名来观望时局，希望能得到周文王的赏识，使自

己的才华得以施展。

时间一年一年过去了,姜尚的头发由花白变成了全白。他在渭水河边钓鱼也很久了,在他投竿抛饵、两膝跪踞的石头上,已磨出了两个浅浅的小坑。人们见他一直垂钓,却毫无收获,都劝他放弃,他却说:"你们不懂其中的奥妙!"依旧垂钓。

一天,姜尚正在河边垂钓,从身后的大路上来了一辆马车,车后面跟着的人都垂丧着脸,其中有的人还哭哭啼啼,就连赶车的人也哭丧着脸。于是他问明原因后方知车中躺着的人是这家的大公子,出门拜师求学,突然间昏迷不醒,找了几个郎中都说是不治之症,让赶紧回家准备后事,不然就要死在外面。

姜尚用手撩起车帘看了一会儿说:"诸位不必悲伤,尽管放心,此人3日内必好。"

当时没有人能够相信这个穷老头说的话是真的。

几天后,姜尚正在钓鱼,从城中出来一伙人马直奔他而来,到了他钓鱼的地方,从车里走出一个英俊青年对着姜尚叩头就拜,嘴里不停说着救命恩人,一定要拜姜尚为师。

原来这个青年就是前几天躺在车里的那人，其父是当朝重臣，辅佐周文王治理国家。此时他要把姜尚请回家中给他当老师，因为他现在恰好正在寻访高师。并许以重金，还想认姜尚为义父。结果姜尚婉言谢绝。

这件事一时在城里传开了，人们都说："渭水河边有个钓鱼的穷老头能断人生死，所言必中。"

姜尚的声名大噪。从百姓传到了朝廷，同时也传到了周文王的耳朵里。他想，一个钓鱼算卦的穷老头，对国家能有什么用呢？所以周文王并没有放在心上。日子就这样一天天一年年地过着，姜尚还是天天在渭水河边钓鱼。

这一天,周文王打算出去打猎,占卜的结果说:"出猎所获不是龙也不是貘,不是虎也不是熊,而是能够辅佐你成就霸业的人才。"周文王又回想起梦中先人说过的话"圣人出现之日,就是周族振兴之时",于是满心欢喜地外出打猎。不经意间就来到了渭水之滨。

幽静的林间传来了阵阵马的嘶鸣,喧哗的人声也由远而近。姜尚看见一个王者打扮的人向这边走来。

周文王见这位垂钓老者一副超然物外的神情,便上前与他交谈起来。姜尚不失时机地告诉他自己的身世,两人谈得非常投机。

让周文王惊讶的是,姜尚天天以钓鱼为乐,居然对天下大事以及国家的武攻文治知道得这样清楚,知识又是如此的渊博,而且观点新颖见解独到。他还发现姜尚对五行数术及用兵之法有很深的造诣。

求贤若渴的周文王从姜尚睿智、机敏的谈吐中发现,此人正是自己所要寻访的大贤。他高兴地感叹到:"我的先祖太公,早就寄希望于你啦!"从此,姜尚得了一个"太公望"的别号。周文王用最隆重的礼节款待他，并让他坐自己的马车。

在当时，天下没有第二个人能坐上周文王的车，让他坐在车里，这是天下最高的礼遇了，除姜尚外天下还没有第二个人能得到这样的礼遇。可是姜尚不但不坐周文王的马车，还要让周文王亲自背着他回城。

这可难为了周文王，心想：不背吧，国家朝廷求贤若渴，正是用人才的时候，不能失去这么难得的人才。背吧，面子又不好看，自古以来哪有国君背臣民的？为了国家兴旺就不要考虑个人面子了！想到这，周文王真的背起姜尚向城中走去。

走了一小段的路程后，把周文王累得满头大汗，气喘吁吁，只得坐下暂息。

姜尚看着累得汗流满面的周文王，笑着对他说："你一共背我走了294步，我要保你大周江山294年，一步一年呀！"说完他又哈哈大笑起来。

周文王听姜尚这么一说，立刻来了精神头，也不感觉累了，一骨碌就爬起来拽过姜尚还要背，这时姜尚笑着说："再背就不灵了，就294年吧，我们坐车

回城!"

回到城里,周文王封姜尚为太师。从此以后,姜尚开始辅佐周文王,发展周的势力。

姜尚给周文王出的第一个大主意是"修德以倾商政"。意思是,为政以德,争取诸侯,孤立商纣王。

那时候,商纣王贪酒好猎,不得人心;周文王便禁酒止猎,顺从民意。商纣王横征暴敛,百姓困苦不堪;周文王轻徭薄赋,百姓知足常乐。商纣王招诱奴隶,引发奴隶逃亡,造成许多属国的怨恨;周文王就颁布"有亡荒阅"的法令,意思是说,有奴隶逃亡就大搜索,搜索到的奴隶,谁的归还谁,不许藏匿逃亡奴隶。

姜尚提出并实施的这些举措,大大提高了周在诸侯国中的地位。

有一次,虞国和芮国接壤的边民,为争田地闹纠纷,都愿意跑到周这里来解决,因为他们都承认周文王是"仁人"。进入周国之后,他们发现周国种田人都互让田界,人们都有谦让的习惯,还没见到周文王,就觉得惭愧了。

他们都说:"我们所争的,正是人家周国人以为羞耻的,我们还找周文王干什么,那只会自讨没趣罢了。"遂各自返回,互相礼让,化解了纠纷。

天下诸侯听说此事,都认为周文王"恐怕就是那位承受天命的君主。"于是有40多个小国归顺了周。

接着,姜尚又替周文王筹划向周围发展势力。周依次"伐犬戎"、"伐密须"、"败耆国"、"伐邘"、"伐崇侯虎",这些都见于《史记·周本纪》中的记载。

另外,周甲骨卜辞中还有"伐蜀"、"征巢"的记载。由此可见,周不但向北,而且向西、向南开拓疆土,势力直达江汉流域。周文王晚年,"天下三分,其二归周",对殷商已经形成包围之势。

周文王去世后,他的儿子周武王继位,尊姜尚为"师尚父",即"师之、尚之、父之"的意思。周武王以先父为榜样,承继先父的事业。

周武王受命第九年,根据师尚父姜尚的建议,周武王一面派间谍入商都收集情报,一面在孟津大会诸侯举行军事演习。

周武王在先父的墓地举行祭祀，然后用车载着木制的周文王牌位，供奉在中军大帐。周武王自称太子发，宣布是奉先父之命东伐。

接着，姜尚向全军发号施令："诸位，集合你们的部众，不能按时到达者一律重处。出发！"

这时，前来会盟的八百诸侯都认为"纣可伐矣"。周武王却以"你们未知天命"为借口，结束军事演习，传令班师回国。

其实，深通韬略的周武王觉得讨伐商纣王的时机尚未成熟。这次会诸侯于孟津的目的，在于试探自己的号召灵不灵，真要讨伐商纣王准备还不够充足。商纣王尚有相当的实力，所以需要再等待一下。

又过了两年，商纣王更加暴虐专制，闹得众叛亲离。面临这种形势，商纣王还调集全部兵力征伐东夷。姜尚看到讨伐商纣王的时机成熟了，就建议周武王出兵。

大约在公元前1046年，周武王决定在孟津集合兵车300乘、虎贲3000人、甲士4.5万人，并联合庸、蜀、羌、髳、卢、彭、濮等西南各族，准备东征。号令发出后，八百诸侯如期会合。

姜尚在出征前曾进行过占卜，结果是龟兆，不吉利。忽然间暴风骤雨从天而降，在场的人都害怕了。唯有姜尚镇定自若，力劝周武王坚决出师。周武王毅然下令东进。

周武王率领部队冒雨急行，由现今荥阳汜水这个地方渡黄河北上，并按时到达殷郊牧野。当年的黄河从现今新乡、汲县向北流。牧野东面是黄河，西面是太行山，北面一马平川，距商纣王别都朝歌仅七十里，可以说是殷都的南大门。

牧野的殷民见周武王带领这么多军队到来很恐慌。周武王安慰他们说："你们不要害怕，我是为安定你们生活而来的，不是跟你们作对的。"

殷民听罢，高兴得蹦起来，紧跟着纷纷跪在地上给武王叩头。

周武王率领的军队在牧野之战中，一举击败商军，获得胜利。纣王见大势已去，登上鹿台，穿上玉衣，自焚而亡。商王朝就这样被周武王推翻了。

东周从公元前的770年至公元前476年，恰好刚

刚是294年，正应了当年周文王背姜尚的294步那句话。从此以后，我国历史就进入了群雄并起的战国时代。

姜尚以自己的亲身实践，辅佐周文王姬昌发展周的实力，又辅佐周武王姬发克商，实现了他济世救民的理想，践行了"天下为公"的伟大精神。

齐桓公姜小白选贤改革

自从周武王封姜尚于临淄为齐国之后，姜尚励精图治，使齐国国力得到增强。但齐国经过了几代国君，到了齐襄公时期，朝纲失常，政局混乱。谋臣管仲预感到齐国将要发生大乱，就建议姜小白的师傅鲍叔牙保护姜小白逃到莒国。

公元前686年，齐国政局又发生了动荡，一片混乱。在鲁国姜小白的哥哥公子纠和在莒国避难的姜小白，都连夜赶往了齐国。鲁国发兵送公子纠回国后，派管仲带兵堵截从莒国到齐国的路，管仲一箭射中姜小白。

姜小白假装倒地而死，管仲便派人回鲁国报捷。鲁国也就不那么着急送公子纠回国了，在路上走了6天才到。

实际上，当时管仲射中的是姜小白的带钩，姜小白装死迷惑了管仲。躲在帐篷车里日夜兼程的赶回了齐国，在齐国贵族的鼎力支持下，成为国君，这就是齐桓公。

齐桓公掌握了国家政权，立即发兵进击鲁国。鲁国战败。

随后，齐桓公要杀管仲，但鲍叔牙劝说："如果君上想成就天下霸业，那么非管仲不可。管仲到哪个国家，哪个国家就能强盛，不可以失去他。"

齐桓公听从鲍叔牙的建议,假装要杀仇人,把管仲接到齐国。

齐桓公和管仲谈论霸王之术,管仲的才学让齐桓公大喜过望,齐桓公让管仲做了大夫,参与政事,不久又拜管仲为相。君臣同心,励精图治,对内整顿朝政,例行改革,对外尊王攘夷。

这一时期,齐桓公还起用了一批各有所长、尽忠职守的出色人才。其中最具代表性的,便是管仲提出的任用五杰的建议。

管仲对齐桓公说:"举动讲规范、进退合礼节、言辞刚柔相济,我不如隰朋,请任命他为大司行,负责外交;开荒建城、垦地蓄粮、增加人口,我不如宁戚,请任命为大司田,掌管农业生产;在广阔的原野上使战车不乱、兵士不退,擂鼓指挥着将士视死如归,我不如王子城父,请任命他为大司马,统帅三军;能够断案合理公道,不杀无辜者,不诬无罪者,我不如宾胥无,请任命他为大司理,负责司法刑律;敢于犯颜直谏,不避死亡、不图富贵,我不如东郭牙,请任命他为大谏之臣主管监察谏议。想要富国强兵有这五位就足够了，但想要成就霸王之业，还要有我管仲在这里。"

齐桓公听从管仲建议，令五人各掌其事，并拜管仲为相，组成了强有力的领导集团。这个领导集团在政治、军事和经济方面作出了很多英明的决策。

在政治方面，齐国实行了国野分治的方法，国都为国，其他的地方为野。并划分各级官员的职权范围，要求他们兢兢业业，不许荒废政事。

每年正月，各级官员要向齐桓公汇报述职，齐桓公根据政绩来进行奖惩。

在军事方面，实行军政合一、兵民合一的制度。规定士乡的居民必须服兵役。另外，为解决武器不足的问题，规定犯罪可以用兵器赎罪，诉讼成功则要交一束箭。从此，齐国的兵器也渐渐充足起来。

在经济方面，通过减少税收，增加人口的生育水平，从而提高了齐国的总体人口数量。对商业特别是盐商加以重税，以补足税收的差异。实行粮食"准平"的政策，避免富人抢夺穷人的粮食，进一步限制贫富的差距。

论 语

在齐国各处设立"女闾",将战犯或罪犯的寡妇充于其间,并抽以税收。这种经济政策和措施,导致了许多秦人、晋人慕名而来到齐国,大大地充实了齐国的国库。

齐桓公改革之后,齐国国力大为增强,齐桓公决定称霸天下。他先是与邻国修好,归还各个临国以前侵占地盘,使邻国成为四周的屏障。接着,他又大会诸侯。

齐桓公是历史上第一个充当盟主的诸侯。

公元前681年,齐桓公在甄召集宋、陈、蔡、邾4国诸侯会盟,共修和好。

公元前651年夏,齐桓公再次大会诸侯于葵丘。这年秋天,又和诸侯会于葵丘。

通过与邻国修好和多次会盟,齐桓公在诸侯中的地位越来越高,终成霸主。

公元前645年,管仲重病,齐桓公问他群臣中谁可以代为相,管仲举荐了几位有才学的人。但在管仲去世后,齐桓公却不听管仲的话,信任竖貂、易牙等佞臣。

就在齐桓公重病期间，奸臣各率党羽争位，竖貂、易牙矫托王命把王宫用高墙围起，只留一个小洞，齐桓公饮食，全靠小太监从洞里送入，并很快连饭也不送了。

公元前643年冬，被禁闭的齐桓公在饥渴中悲惨的死去。各派之间趁机互相攻打对方，齐国一片混乱。直至两个多月后才在老臣的建议下发表，这个时候，齐桓公的尸体已经腐烂不堪，虫蛆爬出户外，恶臭难闻。齐国霸业随之衰落。

颜回讲德修义孔子称赞

一年春天，孔子与子路、子贡、颜回三位高徒一起去郊游。师徒四人不知不觉已经到了山顶。

孔子说："站在高山之上，使人心胸为之开阔，精神为之昂扬，你们谈谈各自的志向和心愿吧。"

子路说："我愿手拿弓箭，统率大军，争得千里之地，夺得敌军旗帜，抓获大批俘虏，凯旋而归。"

子贡说:"如果有两个大国在田野上交战,我愿意前去游说交战双方,使两国言归于好。"

颜回笑笑说:"武有子路,文有子贡,他们都说了,我还说什么呢。我希望得到圣明君主的赏识,辅佐他,施行父义、母慈、兄友、弟恭、子孝等五教,以礼乐教导人民,使国家无刀兵之祸,人民没有离散之苦。"

听了颜回的话,孔子赞道:"善哉,道德之言啊。"

子路向孔子拱手,问道:"老师,假如将来我们三人的愿望都实现了,您选择谁呢?"

孔子抬起手来,捋捋胡须说:"不伤财,不害民,要言不烦,颜回都具备了,我愿意跟着颜回去当一个小小的礼相。"

董仲舒三次对策汉武帝

公元前 140 年,雄心勃勃的汉武帝做了西汉王朝的第七位皇帝。上台伊始,他就大刀阔斧地进行改革,首先从治国理念上一改先祖故训,变黄老之学的无为政治为有为政治,开始重用儒生,并大力倡导儒学。

公元前134年,汉武帝诏命贤良进行对策。十年磨一剑,"三载不窥园"的董仲舒,正好赶上了这个机会,真是千载难逢,三生之幸!

汉武帝连问了三策,董仲舒也连答三章,其中心议题是天人关系问题,史称《天人三策》或《贤良对策》。

汉武帝迫切想要"贤良"们为他的皇权找到根据,并且从理论上回答自然的一些规律,因此在第一道制书中问道:怎样才能得到天帝的授权?

汉武帝所问的恰好是董仲舒曾经深入研究过的问题,他在奏章中更是把自然的发展变化和上天的意志合为一体,把皇权统治和天的意志结合起来。董仲舒在奏章的一开头就说,上天总是将自己的意志体现于人世间。随后,他又把儒家的一套重复了一遍,并提出了自己的主张。

他提出了自己对刑罚的看法。他在奏章中援引

《尚书》、周公和孔子的话说明天意支持德政的观点，并说之所以灾异起而德政废，是因为刑罚的问题。董仲舒在这个基础之上，还进一步提出了自己的一系列主张。

他建议说：

作为一国之君，先正自己的思想行为，然后再来纠正朝廷诸官的行为，这样才能做到上行下效。

他认为，只有这样，才不会有邪气和奸佞，才能风调雨顺，万民安居乐业，五谷丰登，天地丰润，四海之内闻盛德而皆来称臣。教化建立而奸邪停止，是因为它的堤防完好；教化废止而奸邪并出，用刑罚也不能制止，这是它的堤防坏了。

因此，他建议汉武帝广设学堂，在国都设立太学进行教育，在县邑设立县学、乡学实施教化，用"仁"来教育人民，用"义"来感化人民，用"礼"来节制人民，所以，虽然刑罚很轻，却没人违犯禁令，这是教化施行，习俗美好的缘故。

随后，董仲舒又以自己的眼光回顾了汉代以前的历史，说明周代兴盛是因为教化，秦代败亡则是因为暴政。而汉王朝继秦代的天下，就如同得到朽木粪土一样，一定要好好治理。

于是，他又一次向汉武帝表明，要想大治天下，实现他的政治理想，必须首先从思想上改变，使全国上下在思想上达到统一，这才有大一统的希望。

汉武帝看到董仲舒的对策，感到十分惊奇，他异常高兴，因为终于发现了最适合自己的思想基础。他对董仲舒十分满意，十分欣赏他的才干。

然而，由于汉代初期推崇黄老学说，推行"无为"的政策。而且当时太皇太后，即汉文帝的皇后窦氏还在世，她十分喜欢黄老学说，而且坚持黄老之学，这是一个必须逾越的障碍。

于是，汉武帝就这个问题第二次策问，要贤良们再对策。在这次策问中，他提出了古代帝王的"劳"与"逸"的问题，"奢"与"俭"的问题，还有"质朴"和"雕琢"的问题。他说："有人说美玉不用雕

琢,又有人说仁德要用文来修饰才完美,两者岂不相矛盾吗?"

他要臣下们回答为什么这两种说法相异,实质上他提出了一个非常现实的问题,"有为而治"和"无为而治"到底哪一个更正确。

董仲舒又写了一篇近2000字的对策,在策问中,他进一步阐述了自己的政治观点。然而在字里行间,无处不充溢着孔孟的儒家思想。这一篇文章更详细、更系统地提出了为君之道和治理天下的方法,对汉武帝产生了更加深远的影响。

在策问中,董仲舒叙述了自尧以来,直至周文王的几位君王的所作所为,得出结论说:"由此看来,帝王治国的道理是一致的,然而之所以有'劳'和'逸'之分,主要是因为他们所处的时代不同的缘故。"这实际上是回答了汉武帝有关"劳"和"逸"的问题。

君王的"劳"和"逸"是因为时境的变化。对于"奢"和"俭"的问题,他引用孔子的话回答说:"所以孔子说:'奢则不逊,俭则固。'"用以说明

"俭"是自古治国的一项重要原则,对国家的兴亡有着深远的意义。

随后,董仲舒又用大量篇幅向汉武帝建议实行有为的政策。他认为历史上有为的帝王能做到"有为而治"的话,便天下升平;相反,如果做不到的话,便会天下大乱。

而能做到有为的帝王,正是与儒家的主张相符合的;不能做到的帝王,则与儒家的主张相背离。

他还引用曾子的话说,希望汉武帝尊崇适合于他自己的思想,并做出相应的行动,自然可以成为与前代贤明圣主相并肩了。接着,董仲舒顺承他在头一次奏章中的提议,建议汉武帝兴办太学。

董仲舒的这两次"对策",逐渐深入而明确地提出了尊儒兴教、德刑并施的主张,赢得了汉武帝的充分信任。但汉武帝意犹未尽,又下第三道策问:为什么夏商周三代的治国思想不一样?

董仲舒的回答是:是因为天性完整而人性不足。针对当时的治国问题,董仲舒指出,大汉建国至现在已经70多年了,不如回头来进行改革,改革了就能

好好治理，国家治理好了，灾害就会一天天消除，福禄也就会一天天到来。执政能适合人民，自然会得到天给予的福禄。

《天人三策》的三问三答看起来就像一个渴望知识的后生请教一个学有所成的智者，这里面可以看出董仲舒高屋建瓴的理论水平和汉武帝超人的智慧。

董仲舒以其滔滔不绝的口才和充足的理论准备，借助于可以自由阐发的春秋公羊学，投汉武帝之所好，公开援道入儒，在融合儒道、用道家和阴阳家的思想资料充实、发挥儒家义理的基础上，建构了一个让汉武帝心醉的"三纲五常"政治儒学体系。

在3次策问中，董仲舒既回答了皇帝提问，又提出自己的建议。面对董仲舒的回答，汉武帝满意了。

但董仲舒并未就此搁笔，紧接着他又写了一些文章，极力赞美儒家思想。他把《春秋》作为儒术的象征提了出来，而且还把它提高到上察天道，下察人事的神圣地位。

然后，他又表达了独尊儒术的主张。他说：

《春秋》大一统者，天地之常经，古今之通宜也。今师异道，人异论，百家殊方，指意不同。是以上无以持一统，治制数变，下不知所守。

臣愚以为不在六艺之科，孔子之术者，皆绝其道，勿使并进。邪辟之说灭息，然后统纪可一，而法度可明，民知所从矣。

这段话，多年以来一直以"罢黜百家，独尊儒术"8字加以概括。

董仲舒所总结的"罢黜百家，独尊儒术"的观点，得到了汉武帝的认同，汉武帝由此施行了一系列措施，对当时的社会和历史的发展起了重大的作用。

董仲舒以"君权神授"这一基本思想和模式，也为"大一统"的我国古代政治文明建设提供了成功范式，影响、造福中华民族近2000多年。

董仲舒追求的儒学思想

董仲舒文幸而人不幸，在对策后，他并没有在朝廷任职，而是被汉武帝派到江都易王刘非那里当国相。

刘非是汉武帝的哥哥，此人是一介武夫，但因为董仲舒当时声望很高，是举国知名的大儒，所以对董仲舒非常尊重。刘非把董仲舒比作辅助齐桓公称霸诸侯的管仲，也就是希望董仲舒要像管仲辅助齐桓公一样来辅助自己，以篡夺中央政权。

但是，董仲舒是主张"大一统"的，因此，对于刘非的发问，他借古喻今进行了规劝，指出：

仁人者，正其义不谋其利；明其道不计其功。

意思是说：正人君子，应当端正与人相交往的态度，不要为了能够从他人那里获取某种好处或达到某种目的，才决定和他人结交。

董仲舒的这句话，实际上是暗示刘非不要称霸。推而广之，是希望刘非说任何话，做任何事情，都应该是为了匡扶正义而不是为了个人的利益。

董仲舒为江都易王相6年，搞了不少祈雨止涝之类的活动。在这个阶段，有一件事对董仲舒的一生产生了重要影响：公元前135年，皇帝祭祖的地方长陵高园殿、辽东高庙发生了大火，董仲舒认为这是宣扬"天人感应"的好机会，于是带病坚持起草了一份奏章，以两次火灾说明上天已经对汉武帝发怒。

汉武帝看后大怒，从此，董仲舒不敢再说灾异之事，而是干起了老本行，从事教学活动，又教了10年的《公羊春秋》。

公元前125年，丞相公孙弘又推荐董仲舒做胶西王刘瑞的国相。刘瑞是汉武帝的哥哥，他比刘非更凶残、蛮横，过去不少做过他国相的人或被杀掉，或被毒死。因董仲舒是知名的大儒，刘瑞对他还比较尊重。

 论 语

董仲舒在刘瑞这里一直小心谨慎,心神不安,唯恐时间长了遭到不测。遂于公元前121年以年老有病为由辞职回家。从此以后,也就结束了他的仕途生涯。

董仲舒虽然结束了仕禄生涯,但真正的儒者不会因为官场失意而意志消沉,从某种意义上讲,人生低谷或许更能锤炼强健的人格。

西汉时期史学家司马迁《史记》说"董仲舒为人廉直"。是真儒,其生活的目的就是为了"明道"、"行义";是纯儒,其事君的准则就是"廉直"、"勿欺"。既是廉直勿欺,就注定了他不会阿附曲从,以博高位。

董仲舒罢相家居,已经年逾古稀,但他并没有高蹈肥遁,不问世事,而是魂牵斯文,忧国忧民。朝廷凡有大事,常下诏垂问,甚至有的刑事案件也派使者和延尉张汤前往董宅,问其得失。

董仲舒引经据典,一一作答,皆有条理,共决大案要案232件,后编为《春秋董仲舒决狱》一书,成为汉晋之间司法断案参考的经典文献。

他还常常就重大时政发表看法，上疏献计献策。当时关中民不好种麦，他建议多种冬小麦，以避饥荒。还针对"富者田连阡陌，贫者无立锥之地"的现象，建议限民占田，抑制土地兼并。

当时汉武帝外事四夷，特别是与匈奴的战争，使天下虚耗，户口减半。目睹那一场一场痛苦的较量，董仲舒也进行了自己的思考。

他认为："义动君子，利动贪人"，对于像匈奴这样的贪人，主张"与之厚利以没其志，与盟于天以坚其约，质其爱子以累其心"，使其进有所贪，退有所忌，庶几可达到"胡马不窥于长城，羽檄不行于中国"，与邻为睦的目的。

董仲舒历经仕途沉浮，他以自己的行动诠释了他的道德修养。作为一个典型的忧患型人物，他进亦忧，退亦忧，就像后来的北宋文学家范仲淹说的那样："居庙堂之高则忧其民，处江湖之远则忧其君。""先天下之忧而忧，后天下之乐而乐"。

这种人格，是自孔子以来就形成的古代儒者的人格，当然也是被誉为"统儒"的董仲舒的天性。事实

上，这种忠君、忧国、爱民的忧患意识，一直伴随董仲舒终生，直至死而后已。

董仲舒代表着一个阶层，这个阶层就是"士"。士，原本是邦国时最低一级的贵族，其上依次是大夫、诸侯和天子。天子有天下，诸侯有国，大夫有家，他们都是"领主"。士却没有领地，顶多有一块没有主权和治权的田地。没有领地，所以没什么家产。

事实上，在我国古代，士的安身立命之本，无非就是修齐治平，即修身、齐家、治国、平天下。其中第一件事是士自己的，后面3件事则分别是大夫、诸侯和天子的，但需要士来帮忙。

也就是说，士，首先要管好自己，加强道德修养，学成文艺武艺，这就是修身；然后帮助大夫打理采邑，这就是齐家；辅助诸侯治理邦国，这就是治国；协助天子安定四海，这就是平天下。

在家里，董仲舒总结了自己50余年治学的心得体会，加上对《春秋公羊》等的研究，写成了17卷82篇《春秋繁露》。

他仍继续从事对《春秋》微言大义的研究，从《春秋》的某些语言做出很神秘而又实有所指的注解。这就是汉代兴盛的"今文经学"的初期，他写了许多有关"今文经学"的文章。所谓今文经学是指用秦汉时期流行的隶书写的解释《春秋》的文章，首先做这种文章的就是董仲舒。

除了研究这类经学的文章以外，董仲舒还整理了各次上疏的文章和其他一些议论性的文字，据史书记载，他一共写了123篇这类文章，然而到现在，大部分已经遗失，流传下来的只有10多万字。

董仲舒没有把自己写的书命名为《春秋繁露》。传他成书之前，梦见有龙入怀，于是创作了这本书，当然只是传说。然而他写了好几十篇文章，分别叫《闻举》、《玉杯》、《蕃露》、《清明》、《竹林》等，却没有把他们编撰成书。一般认为是后人辑录编纂而成。因为这些文章是一部连贯的儒学之书，于是给它们冠名为《春秋繁露》。

《春秋繁露》大致上体现了董仲舒的思想。然而他在书中掺杂了不少关于神学的内容，从头至尾都贯

彻着他的神学观。他还强调了天的至高无上。在《五行相生》篇中，他又重复了自己关于阴刑阳德的说法。

董仲舒从儒家思想出发，在书中他表达了"仁义"的改良主张。在《仁义法》篇中，他解释"仁义"为"爱人"、"克己"。在《制度》篇中，他还指出土地兼并是社会等级破坏、农民贫困作乱的原因，还主张废除奴婢制。

在《身之养重于义》中，他说以"利""养体"，是人之天性，因此要用"礼"来防范老百姓，引导百姓如何取利。

他还把"天人感应"的思想融进了文章中，他说王者能起参天地的巨大作用，广大"民""众"也能影响上天。更重要的是，他把"四权"和"三纲五常"在书中做了归纳，在《基义》中用天地、阴阳之道论证了三纲，他说君为臣纲、父为子纲、夫为妻纲是上天的意志。在《春秋繁露》中，董仲舒还阐述了"三统说"。三统从黑统开始，经历白统至赤统，又复归黑统，他认为这样就是历史的发展规律。

在书中，他进一步总结了他的"性三品说"，在《深察名号》中，他认为每个人身上都有仁贪二气。就如同天有阴阳二道一样，君主和圣人的出现就是为了教民为善。在《实践》篇中，他把人性分为三等，在《竹林》篇中说人的节情、化性、正命最终都依赖于圣人和天意。

公元前121年，董仲舒已归家10多年，这期间汉朝达到鼎盛。他尽管在家中著书立说，养病在家，但仍十分关心朝政大事，甚至他75岁时，还积极写奏章给汉武帝，坚决反对盐和铁官营的政策，认为这样加重了人民的负担。

公元前104年，在他写完最后一篇奏章后不久，他便因病去世，被葬于西汉时期京师长安的西郊。

有一次，汉武帝经过董仲舒的墓地，为了表彰董仲舒为汉王朝的效劳尽忠，表达自己的哀思之情，他特地下了马致意。因此，董仲舒的墓地又被称为"下马陵"。

董仲舒的一生，走过了75个春秋。从一位杰出的学者到皇帝的智囊，从当相治国到归家著书立说，

他主要是作为一名思想家度过其一生的。他的廉洁正直，刻苦钻研的精神，得到了后人的赞美、推崇。

西汉时期称他是超过伊尹、管仲、姜子牙的相国大材，东汉时期王充称他是孔子的继承人。此后司马光、二程、朱熹等极力推崇他。元代把他请入"圣庙"受祭，明代封他为"先儒"，给他盖上了"董子庙"。

他的哲学思想，有一些可取之处，在当时也有适应历史发展的要求，他的神学是统一于他的哲学之中的。但他以神学为目的，甚至搞一些装神弄鬼之事，实不足取，不过，这并不妨碍他作为一个伟大的思想家，促进了我国历史的发展。

道之以德，齐之以礼

子曰："道①之以政，齐②之以刑，民免③而无耻④；道之以德，齐之以礼，有耻且格⑤。"子曰：

"吾十有⑥五而志于学,三十而立⑦,四十而不惑⑧,五十而知天命⑨,六十而耳顺,七十而从心所欲,不逾矩。"

【注释】

①道:同"导",引导。

②齐:整齐、约束。

③免:避免、躲避。

④耻:羞耻之心。

⑤格:改正。

⑥有:同"又"。

⑦立:站得住的意思,引申为说话行事有独立见解,能立足于社会。

⑧不惑:掌握了知识,不被外界事物所迷惑。

⑨天命:指不能为人力所支配的事情。

【解释】

孔子说:"用法制禁令去引导老百姓,用刑罚来约束他们,老百姓虽然能避免犯罪,但没有羞耻之

心。如果用道德来教化他们，用礼来约束他们，老百姓不仅会有廉耻之心，而且人心也会归服。"

孔子说："我15岁立志于学习；30岁能够自立；40岁能不被外界事物所迷惑；50岁懂得了天命；60岁能正确对待各种言论，不觉得不顺耳；70岁能随心所欲而不越出规矩。"

【故事】

晋文公姬重耳文治武功

晋献公年老的时候，宠爱一个叫骊姬的妃子，他想把骊姬生的小儿子奚齐立为太子。晋献公另外两个儿子重耳和夷吾都感到很危险，就先后逃到别的诸侯国避难去了。

晋献公去世后，晋国发生了内乱。后来夷吾回国夺取了君位，也想除掉重耳。重耳同狐偃和赵衰等人再一次到别处逃难。他们先后逃到狄、卫国、齐国、楚国。

楚国的成王把重耳当作贵宾，还用招待诸侯的礼节招待他。

有一次，楚成王在宴请重耳的时候，问重耳将来怎样报答他？重耳说："要是托大王的福，我能够回到晋国，我愿意跟贵国交好，让两国的百姓过上太平的日子。万一两国发生战争，在两军相遇的时候，我一定退避三舍！"

公元前636年，流亡了19年的重耳终于回到晋国，并被众人拥立为君。这就是晋文公。为巩固统治地位，晋文公便找来狐偃、赵衰等人商量改革朝政，令狐偃与赵衰制订国策，建立制度。他让狐偃全权改革，并让赵衰辅之，进行了一系列的改革措施。

在生产上，号召改进工具，施惠百姓，奖励垦殖；在贸易方面，降低税收，积极争取邻商入晋，互通有无，经济获得了繁荣的发展。

同时，大量起用受惠公、怀公时代受到迫害的旧族，提拔才能突出的新贵，笼络新旧贵族，使统治集团能够和谐相处。

晋文公还设立了三军。

在赵衰的建议下,任命郤縠为中军元帅,郤溱为中军佐。任命狐毛为上军将,由狐偃辅助。任命栾枝为下军将,先轸为下军佐。这样,公族为主,外戚为次,远亲为辅,形成了由六卿统领军队的完整阵容。

经过大刀阔斧的改革,晋国已跻入强国之列。但晋文公之志不仅在此,他要称霸中原。就在晋文公为尊天子绞尽脑汁之时,机遇来临了。

公元前636年,周襄王与胞弟王子发生火并,王子联合狄人军队攻周,大败周军。在这种情况下,晋

文公名正言顺地下令出兵勤王。叛军在晋国部队大举攻击下，很快溃不成军。周襄王被迎回王都。

周襄王大为感动，亲自接见晋文公，并好酒好肉招待。为了让晋国更加方便地辅弼王室，周襄王将阳樊、温、原、欑茅4个农业发达的城池赐予晋文公。

由此，晋国南部疆域扩展至今太行山以南、黄河以北一带，为其日后图霸中原提供了有利条件。逐鹿中原的大门顿时大开。

平定王子带之乱后，晋文公个人形象和晋国的国际形象都得到了极大的提升。于是，晋文公率军威慑卫国，令卫国大为恐慌。不久，晋国主力南移至曹国，俘虏曹共公，令曹国附晋。

此时国际形势错综复杂。当时楚成王本想与晋国一决高下，目标是救援卫国和曹国，不想卫、曹两国竟被晋国策反。于是，楚成王派大将成得臣率领楚、陈、蔡、郑、许五国兵马攻打宋国，以制衡晋文公。

在形势危急的情况下，宋襄公的儿子到晋国请兵援救。晋文公听从了大臣们的建议后，便派出了数万大军，浩浩荡荡去救宋国。晋、楚两国刚一交战，晋

 论 语

文公就立刻命令往后撤。

晋军中有些将士想不开,狐偃解释说:"当初楚王曾经帮助过主公,主公在楚王面前答应过:要是两国交战,晋国情愿退避三舍。今天后撤,就是为了实现这个诺言。要是我们对楚国失了信任,那么我们就会理亏了。假如我们退了兵,他们还不罢休的话,步步进逼,那就是他们输了理,我们再跟他们交手也不迟。"

晋军一口气后撤了90里,到了城濮才停下来,布好了阵势,并严密监视战场情况。楚国有些将军见晋军后撤,想停止进攻。可是成得臣却不答应,一步紧一步地追到城濮,跟晋军遥相对垒。

公元前632年4月某日清晨,在城濮原野之上,晋、楚两国大军集结完毕。一场关乎晋文公政治生涯乃至华夏文明走向的大战即将来临。晋文公登上高台,指挥晋军。晋文公手下大将先轸、郤溱率领中军,护卫在晋文公左右。狐毛、狐偃领上军居右,栾枝领下军居左。

大战开始了。刚一交手,晋国的将军用两面大

旗，指挥军队向后败退。他们还在战车后面拖着伐下的树枝，让战车拖扬起一阵阵尘土，显出十分慌乱的模样。成得臣原本不把晋军放在眼里，他见此情形，就不顾一切地直追上去。结果，正中了晋军的埋伏。

此刻，晋军的中军精锐，突然猛冲过来，把成得臣的军队拦腰切断。那些原来假装败退的晋军也回过头来，会同中军前后夹击，把楚军杀得七零八落。

晋文公爱惜圣灵，他吩咐将士们，只把楚军赶跑，不要再追杀。成得臣带了败兵残将回到半路上，觉得自己没法向楚成王交代，就自杀了。晋军占领了楚国营地，尽获楚军遗弃的粮食，凯旋回国。晋文公霸业已成，率军撤退，一路高奏凯歌，军容甚整。

公元前632年5月，晋文公奉周天子之命，召集各路诸侯在践土会盟。同年冬，晋文公在周、晋边界线上，再度以霸主之命号召诸侯，并由自己主盟，加固诸侯之间的联盟。

公元前631年，周襄王欲召集诸侯，他让晋文公代替自己发布命令，要诸侯到翟泉面见周天子。周襄王还特许晋国狐偃代晋文公主持会盟。当年6月，诸

侯大会在翟泉如期举行，在活动中，晋国彰显了高人一头的优越感。翟泉会盟，标志着晋文公的霸业达到了巅峰。城濮之战和3次会盟后，中原出现了晋国独大的新格局。诸侯们在晋文公霸主的光辉之下，积极拥护晋国。但也有例外，他就是特立独行的郑文公。

现在晋国势大，郑文公对晋国更不放心了。于是，郑文公就与楚国联络，希望以此为助力，打击晋国势力，但这一消息不胫而走。晋文公本来早就想伐郑以报当初轻慢之恨，这次正好有了借口。

公元前630年，晋文公向郑国发起进攻，此番征战虽未灭郑，郑文公再也不敢对晋无礼，从此小心侍奉晋文公。两年后，郑文公去世，晋文公送在晋国做大夫的郑国公子兰回国即位，这就是郑穆公。郑穆公在位22年，始终是晋国的重要追随者。

晋文公在霸业初定后设立了三行，即中行、右行和左行。三行军主要是为了防御在太行山一带游弋的胡人。这支军队作为晋国不怎么起眼的后备军，却为后世史家所反复提到。因为按照周代制度，诸侯扩军不能超越三军，而此时晋国则是3支正规军，外加3

支后备军。可见其势力之大。

晋文公即位以来，他文倚狐偃、武用先轸，整个晋国高层和气一堂，大家同心协力。事实上，狐偃、先轸等都属于作风强硬的政治家，这就难免会产生摩擦。这时很需要一位虚怀若谷、高风亮节的人来润滑摩擦，而这个人，就是当年曾经陪同晋文公历尽磨难的赵衰。

公元前629年，晋文公举行了盛大的阅兵式。为了表彰赵衰，为了使贵族们的权益分配更加合理，也为了满足自己的虚荣心，晋文公裁撤仅存在了3年的三行预备役，增设新二军，即新上军、新下军。

以赵衰为新军最高领导。在晋文公的刻意安排下，赵衰统领新军。诸侯扩为五军，旷古未有，这再一次证明，晋文公享受着诸侯领袖的绝对优势与权威。

公元前628年，功成名就的晋文公病重，年迈的身躯已经无法支撑他的生命。不久，一代霸主晋文公与世长辞，晋国大丧。

晋文公时代结束，晋襄公时代来临……

论语

孔子行礼虚心求教渔夫

有一天,孔子和众弟子在树林里休息。弟子们读书,孔子独自弹琴。一曲未了,一条船停在附近的河岸边,一位须眉全白的老渔夫走上河岸,侧耳倾听孔子弹奏。孔子弹完一曲后,渔夫招手叫孔子的弟子到他跟前问道:"这位弹琴的老人是谁呀?"

一位弟子说:"他就是以忠信、仁义闻名于各国的孔圣人。"渔夫微微一笑,说:"恐怕是危忘真性,偏行仁爱呀。"渔夫说完,转身朝河岸走去。弟子把渔夫说的话报告孔子。孔子听后马上放下琴,惊喜地说:"这位是圣人呀,快去追他!"

孔子快步赶到河边,渔夫正要划船离岸,孔子尊敬地向他拜了两拜,说:"我从小读书求学,到现在已经六十九岁了,还没有听到过高深的教导,怎么敢不虚心地请求您帮助呢?"

渔夫也不客气，走下船对孔子说："所谓真，就是精诚所至，不精不诚，就不能动人。所以，强哭者虽悲而不哀，强怒者虽严而不威，强亲者虽笑而不和。真正的悲没有声音让人感到哀，真正的怒没有发出来而显得威，真正的亲不笑而让人感到和蔼。以此用于人间的情理，事奉亲人则慈孝，事奉君主则忠贞，饮酒则欢乐，处丧则悲哀。"孔子听得入神。渔夫说完跳上小船，独自划船走了，孔子还在沉思。

周公制定礼乐典章制度

自从周武王灭商后，周天子把同姓宗亲和异姓功臣分封到各地做诸侯，形成了以周天子为中心的封建管理秩序。

在周武王去世后，其子周成王即位，由于周成王年幼，就由周成王的叔叔姬旦摄政当国。姬旦，也称"叔旦"，因是周代第一位周公，又称"周公旦"。他

是周文王姬昌的第四子。

在周公摄政之前,商王朝对于臣服的方国、部落虽加有侯、伯等封号,但始终没有形成完整的分封制度,没有系统的控制方案,所以天下的方国时而臣服,时而反叛,使商政权很不稳固。

周公就从王朝的长治久安出发,吸取了商代的建制不完备的教训,开始对分封制度重视起来,目的是使之系统化、制度化,并与宗法制度紧密结合起来,全面推广到广大地区。这样一来,一个有别于商的新的分封制度便呼之欲出了。

为了巩固周王朝对分封的各个诸侯的管理,周公从政治及文化方面制定了一套完整的典章制度,史称

"周公制礼作乐"。

周公辅佐周成王一共 7 年,在第六年时,他在洛邑制礼作乐。后来洛阳的周公庙里有个礼乐堂,就是专门纪念周公在洛邑制礼作乐的。礼乐堂位于定鼎堂的北边,里面有一组泥塑人物群像,再现了周公制礼作乐的场面。

在当时,洛邑人大多是殷商遗民,是一群"亡国者",他们表面上臣服于周朝,但是骨子里仍不和周王朝一条心,时刻都有复辟的可能。周公在洛邑理政,第一要务就是解决这个问题。

周公下达命令,让安阳一带殷商遗民统统向洛邑方向集结,并指着已经建好的成周城对人们训话说:"你们听着,现在我不忍杀掉你们,但要向你们下达命令。我在洛水附近修建了这座大城,是方便四方诸侯前来朝贡的,也是为你们服务王室提供方便,免得你们从大老远的地方奔赴而来,遭受劳顿之苦。"

周公接着说:"你们必须顺从并臣服于我们。你们仍有你们的土地,可以安心从事劳作和休息。如果不敬事周国,你们不但会失去土地,还会受到上天的

惩罚。如果你们能够安心住在这个城邑，继续劳动，你们的子孙就会兴旺起来。"

为了有效管理殷商遗民，周公派了兵力，其实这些兵力当是为了应付东方战事而准备的，之所以这样设防，只不过陈兵于此，也是为了威慑殷商遗民罢了。

周公是个很勤奋的人，他常常挑灯夜读，研究殷人的礼制。他发现在殷商时期，君位的继承多是"兄终弟及"，传位不定。

在周公看来，这样根本不行，应该由嫡长子继承，即以血缘为纽带，规定王位由长子继承，同时把其他庶子分封为诸侯卿大夫。这样一来，严格的君臣、父子、兄弟和亲疏、尊卑、贵贱关系就显现出来了，从而形成了以血缘关系为纽带的宗法制。

首先，周王是上天的元子，即长子，称天子，是天下的共主，是大宗，而和周王有叔伯、兄弟关系的同姓诸侯是小宗。接下来是异姓诸侯，这些人和周王室大多有亲戚关系，从上至下，是天子、诸侯、大夫、士，从而就形成了一套君臣、父子、上下和尊卑、亲疏等礼仪制度。

也就是从中央到地方，从王侯至臣民，各种关系都理顺了，那就是地方必须服从中央，臣子必须服从君王，儿子必须服从老子，一级一级等级森严，这样就加强了中央政权的管辖力度。

周公分出了长幼、尊卑、远近和亲疏来，并分出了等级，使每个人都本分地待在自己的位置上，人人都守规矩，不能乱来。

周公规定的礼非常细致。譬如，一个生活在周某群落里的人，就得遵守以下的礼：办丧事的时候不能谈笑；远望灵柩的时候不许唱歌；吃饭的时候不要叹息，不能说话，不能发出咀嚼声；邻居们有丧事，不能兴冲冲地走路；听音乐的时候，不许唉声叹气等。

在周公制定的周礼中，还有一种礼叫"谥"，或者叫"谥法"。就是在每个天子乃至诸侯去世后，根据他生前的政绩和为人的好坏要取一个代号，以概括他的一生。譬如周武王姬发，因灭商有功，去世后他被谥为"周武王"。

周公不但制礼，同时还作乐。周公认为，礼和乐

的区别是礼调身,让人人的行为都有规矩,不能越过雷池;乐调心,让人人都与环境和谐,不能心急气躁,生出事端。他要让礼和乐相辅相成,相处和谐。

周公制定的礼是讲究等级和差异的,而他制定的乐则讲究和谐。这里的乐虽指音乐却超越了音乐,带有浓厚的社会色彩。

举例来说,《诗》原是用音乐伴奏的歌词,有《风》、《雅》、《颂》之分。《风》是指不同国家地区、不同风格的乐曲;《雅》是指西周王畿的乐歌;《颂》是天子用于祭祀和其他重大典礼的乐歌。

《雅》和《颂》的乐曲由于用途、声调不同,所以要使用不同的乐器。如果用错了,例如该用琴的却用了瑟,就是违礼,乐师就要受惩罚。而琴又有雅琴、颂琴之分,绝对不能搞混。在当时,招待宾客,举行宴会,举办典礼,都必须由乐工奏乐或歌唱,所唱的乐歌、所用的乐器都分着等级,不能乱来。

周公制礼作乐,其基本指导思想是"崇德保民",这就是周公的德治思想,这一思想是在周公对殷周之际天命观的改造中提出来的。

"崇德"这个词在周公初期之前没有，以后才广泛使用。周公重"德"，认为王者之德是政权兴衰的关键所在。周公认为敬德就需保民，保民是敬德的体现。这就是后世"有德者王"或"得民心者得天下"的蓝本。

周公提出的"敬德保民"，是夏商以来我国思想从敬鬼神到重人事的一大转变。而德治思想的体现方式，就是周公的制礼作乐。周公制礼作乐，以礼乐来划分人间的等级秩序，同时又以礼乐来调和该等级秩序，两者相辅相成。其意义非常重大，它标志着周王朝的管理体系彻底走向正轨，并对西周社会的稳定起到了重要作用。

更为重要的是，由周公所提出的德治思想，开启了此后我国300多年的文明历史，礼乐文化直接孕育了后来的儒家文化，后来的儒家文化则是在西汉武帝时一跃成为我国文化主流的，这就是后来儒家思想的渊源。

周公不仅是一位大政治家，而且还是一位大思想家，是儒家思想的奠基者，是他奠基了儒学，影响了

孔子，在古代史上享有崇高的地位。周公为中华民族留下了宝贵的思想财富和精神财富。

孔子胸怀理想实地考察

由于仲尼从小就对周礼非常向往，这个念头随着年龄的增长更趋浓厚了，因此他很想到周都洛阳去走一遭。

洛阳地处黄河流域位置适中。那时长江流域尚未开发，全国的文明集中在黄河流域，洛阳是该流域的中心。仲尼对洛阳的一切都深感兴趣，他每天都到各地去参观。

在祭天地的场所的墙壁上，他看到了绘着周公辅佐年少的周成王接见诸侯的图画。周公早就是仲尼心中的偶像。仲尼被这幅图画吸引住了，周公温和高贵的容颜、从容不迫的风度，令仲尼看了不由得生出敬畏之心。

论 语

有一天，仲尼到周王室图书馆去拜访老子。那时老子是国立图书馆的馆长，兼任记录国家历史的史官。仲尼向老子请教"礼"和古代的制度以及文物。老子对于礼很有见解，令仲尼颇多受益。在这之后，仲尼常去拜访老子。仲尼归国后向弟子们说：

> 谁都知道鸟是会飞的，也知道鱼是会游的，更知道兽是能走的。至于龙我就不知道，它能乘风云而上天，老子就是像龙一样的人物。

仲尼在洛阳的所见、所闻、所感，在他的一生中产生了极其深远的影响，对他后来建立的儒家学说是具有指导意义的。

为了推行政治主张，在公元前517年，仲尼带着自己的弟子们踏上赴齐国的道路。仲尼去齐国是有原因的。原来，因仲尼目睹贵族内部的权利之争，深感调和贵族内部关系的周礼在鲁国君臣那里已被肆意践踏，因而十分愤慨和痛心。

仲尼对违礼的鲁国季氏等三家大夫特别不满，实在不愿与三家大夫为伍。怎么办呢？他忽然想到，听说齐国的贤相晏婴当政很有作为，齐景公也是一个贤明的君主，到那里也许能有所作为。于是他决定到齐国去。

到达齐都临淄以后，仲尼并没有立刻去见齐景公。因为仲尼在鲁国虽然已有相当的名声，齐国不少人也听说过他，但在当时等级森严的社会里，仲尼"士"的身份还是太卑微了，贸然去见齐景公，很可能被拒绝。所以，仲尼就先去拜见齐卿高昭子。

高昭子是齐国大贵族，与田氏同为齐卿，在齐国有很大的势力和影响。他热情地接待了仲尼并让他做自己的家臣。因为他早就耳闻仲尼的学识。

仲尼在高昭子家里安顿下来以后，一面从事教学，一面办理高昭子交代下的事情，同时广泛访问齐国的权要人物，等待齐景公召见的机会。到齐国不久，仲尼就拜访了齐国的国相晏婴，双方进行了多次谈话和辩论。

晏婴出身于齐国大贵族之家，在齐灵公、齐庄公、齐景公三代国君统治时期做官,齐景公时当上齐相,是管仲之后最有作为的政治家。

仲尼在齐国住了一年多,希望得到齐景公的信任,给自己一个从政的机会,以便实践自己"君君、臣臣、父父、子子"的理想。可是一等再等,他从政的希望化为泡影。因为在齐国从政的希望已经不存在了,就产生了离开齐国的念头。

在仲尼由齐国回归到鲁国后的公元前503年,鲁国权倾朝野的阳货发动叛乱事件,给鲁国造成了重大危害。针对"乱贼臣子"的叛乱行为,仲尼决定对社会举办一次开门讲学,向学生和社会上各方面人士专题评析阳货。

冬季的一天上午,杏坛的学堂里挤得水泄不通。除了学生,还有民间的有识之士、鲁国官吏。仲尼评析了阳货叛乱事件的原因,反叛的四步险棋,以及叛乱事件的危害。在讲学的最后,仲尼发表了自己对平定阳货叛乱事件的感悟。

论　语

仲尼讲完了，热烈的掌声、议论声交织在一起。仲尼的声名日渐高涨。

公元前501年，51岁的仲尼接受鲁国政府和季氏的聘任，担任地方官中都宰。中都位于后来山东的汶上县与梁山县之间，辖区约等于一个县。

仲尼以身作则，忠心为国，不谋私利，努力实践自己恢复周礼的政治理想。他希望鲁国从此振作起来，自立于列国之林，成为各国仿效的榜样。

随着时局的变化，仲尼为求政治发展，于公元前497年，离开生养他的父母之邦，为了保持自己清高的人格，也为了寻求新的从政机会，仲尼开始了为期14年周游列国的生涯。

仲尼安排好家事，安顿好留下的弟子，便带领自愿随行的子路、子贡、颜回、冉求、宰予、高柴等学生走上了通向卫国国都帝丘，即河南濮阳南的大路。但是卫灵公并没有给仲尼安排具体职务，因而，仲尼整天除了教学活动就是会会朋友。

不久，有人向卫灵公进谗言，说了仲尼不少的坏话，卫灵公就派人监视仲尼的出入。这使仲尼难以忍受。仲尼和学生们商量一番，担心继续留在这里会出事，便决定尽快离开。

公元前497年，仲尼带着弟子们离开了卫国，南行经过曹国后，到达了后来以河南商丘为中心的宋国。

宋国是仲尼祖先生活的地方，他青年时代曾到这里考察过殷礼，他夫人亓官氏的娘家也在这里，所以仲尼对宋国有特殊的感情。到宋国后，仲尼希望受到热情的接待，想在这里住上一段时间。然而，当权的宋景公对仲尼这位与自己有着血缘关系的名人却相当冷淡，连国君应有的礼贤下士的样子也没有装一装。

仲尼只有摇头叹息。他明白，他的祖先曾经生活过的这个国家，已经丧失了复兴的希望。于是，师徒换上宋国百姓的服装，分成几个小组，秘密潜出宋国国都商丘。经过数日跋涉，仲尼到达新郑城郊。

郑国是春秋初期建立的诸侯国，在武公、庄公时期曾盛极一时，使中原的诸侯大国侧目而视。后来，国势逐渐衰落。由于在"五霸"争雄的岁月里处境十分困难，只能在朝秦暮楚中艰难维持。

当时,郑国出了一个著名政治家子产,他的行政措施和个人品格一直受到仲尼的赞扬。听到子产去世的消息,仲尼曾难过得流下热泪。仲尼对子产保护乡校的事迹大加赞赏。

仲尼此次来到子产的国家,带着学生四处走访子产的遗迹。他在郑国停留的时间不太长,只是作为一般游历者,在郑国的土地上留下了自己的足迹。

公元前492年,仲尼一行离开了郑国直下东南,来到陈国的国都宛丘,即河南淮阳。他们先投奔司城贞子,通过他会见了陈闵公。陈闵公对仲尼的博学多闻惊异不已,欢迎仲尼到来,给予他很高的礼遇,让他住最好的馆舍,聘请他充当官府的文化顾问。希望仲尼能帮助他改变国势衰落的局面。

仲尼在陈国的生活比较安定、闲适,除了进行教学活动外,他更多地与弟子们一起到陈国名胜之地或郊野游览。然而,陈国毕竟是一个日趋衰落的小国,仲尼在政治上很难有所作为。

不久,从鲁国传来鲁国执政季桓子病死的消息。季桓子死后,季康子承袭爵位并成为鲁国的执政。他办完季桓子的丧事后,准备依照父亲的遗愿召回仲尼。季康子于是派出使者来到陈国,向仲尼师徒传达了召回冉求并加以重用的意向。

冉求回鲁国后,做了季氏的家臣。但仲尼在陈国迟迟得不到召他回国的消息。这时,却传来楚昭王要聘请仲尼去楚国,并打算以书社之地350千米封赏仲尼的消息。

仲尼放弃了在楚国从政的希望,他想,何不借此机会在这个陌生之地广泛游历一番,以深入了解这里的历史文化呢?

在楚国的3年里,仲尼师徒的足迹遍布北起方城即后来属河南、南至汉水、东至新蔡、西至南阳的许多地方。他和他的弟子们尽情地徜徉在汉北的青山碧水之间,在山林、河边、田间、道路、邑里,在他们经过的一切地方,与社会下层各色劳动者,如农夫、渔夫、牧童、隐士等有过广泛的接触,充分地了解了楚国的风土民情和深植于民间的楚国文化。

公元前484年,从鲁国传来不少振奋人心的消息。在鲁国,仲尼弟子们个个表现不凡,这使季康子

感到有必要迎回他们的老师。于是派出公华、公宾、公林等作为使臣，携带厚礼前来卫国，迎接仲尼返回故国。

鲁国需要仲尼回去，仲尼更想回到鲁国。这两个条件一起具备的日子终于来到了，仲尼终于踏上了回家的路途。公元前484年，68岁的仲尼终于结束周游列国的生涯，回到了久违的鲁国。

仲尼返国后，朝中官员以及众多的故旧亲朋、昔日弟子，络绎不绝地前来探望。因为仲尼年事已高，不宜担任具体官职，鲁国就给予他很高的待遇，并尊之为国老。

仲尼经过多年实地考察，回国后开始潜心治学，由此开启了影响历史达数千年之久的儒学先河。

世界级医学伟人张仲景

张仲景儿童时就很聪颖，成年后拜同郡张伯祖为师学医，颇有造诣，时人称赞他的医术已超越老师。

在那个战争频繁的年代,疾病流行。当时著名的"建安七子"中,就有徐干、陈琳、应玚、刘桢因传染病死去的,可见疾疫流行的严重程度。当时人们对疾病的认识却是错误的,一些患病之家迷信巫神,总是企图用祷告驱走病魔。

医生得不到临床实践机会,所以很少研究医术,而终日却以主要精力结识豪门,追求荣势,这样医学当然很难得到发展。

在这样的历史背景下,张仲景深有感触,决心解决危害人民的疾病问题。为此,他从阅读《素问》、《九卷》、《八十一难》、《阴阳大论》等前代古籍入手,在"勤求古训、博采众方"的基础上,经过多年临床实践的验证,最终写成了《伤寒杂病论》一书。

《伤寒杂病论》原书16卷,因战乱关系,书籍曾经散佚，现存张仲景著作是经西晋太医王叔和整理过的。计整理出《伤寒论》10卷、《金匮玉函经》8卷、《金匮要略方》3卷。

上述书籍，《金匮玉函经》在北宋以后流传并不广泛，研究者很少，《伤寒论》和《金匮要略方》则流传日广。特别是《伤寒论》，在北宋时研究者就开始增多，其主要学术内容是多方面的。

首先，《伤寒论》确立了辨证施治基础。《伤寒论》发展了《内经》学说，确立以"六经"作为辨证施治的基础。"六经"辨证原是《素问·热论篇》根据古代阴阳学说在医学中运用而提出的辨证纲领。

"六经"是指太阳、阳明、少阳；太阴、少阴、厥阴，是按照外感发热病起始后，在发展过程中出现的各种症状，并结合患者体质强弱的不同，脏腑和经络的生理变化，以及病势进退缓急，加以分析综合得出的对疾病的印象。

太阳、阳明、少阳是指表、热、实证；太阴、少阴、厥阴是里、寒、虚证。

凡病之初起，疾病在浅表，出现热实现象的，如脉浮，头项强痛而恶寒者，属于阳证的便称太阳病。凡病邪入里，病情属于阳证，并表现胃中燥实，大便干燥、发热谵语、口渴、舌苔黄厚等属热实在里，称阳明病。

另一种既非表证，又非里证，症状表现为口苦、咽干、目眩、胸胁苦满、寒热往来的半表半里状态，也属阳证范畴，称少阳病。

所谓三阴病，一般多是三阳病转变而来，特点是不发热，症状表现虚寒现象。如腹满、呕吐、腹泻、口不渴、食不下等称太阴病；如疾病出现脉象微细、四肢厥逆、怕冷、喜热饮，说明气血虚弱，称少阴病；还有一类疾病多因误治，呈现上热下寒，忽厥忽热，饥而不思食，或下利不止，手足厥冷，呈现寒热错杂现象的称厥阴病。

上述按"六经"症候的分类并不是孤立的6种证候，而是它和人体脏腑、经络、气化各方面都有机地联系一起进行观察认识的。从总的方面说，三阳表示肌体抵抗力强，病势亢奋。三阴病表示肌体抵抗力弱，病势虚弱。

"六经"辩证的治疗，各有一定治则。如太阳病按证候又有中风、伤寒、温病之分。

凡无汗、脉紧的，属表实，方用麻黄汤发汗，开腠理，驱寒邪。如脉浮缓，有自汗，属表虚，则用桂枝汤解肌发汗。其他按证立方。

属于阳明病的，主要指的是胃有实热或邪热蕴里，又有阳明经证和阳明腑证之分。前者身热，汗自出，不恶寒，反恶热者，治疗以白虎汤清热保津为主；后者，症见身烧壮热，或潮热，手足有汗，绕脐痛，大便秘结，小便黄赤，故治疗以用三承气汤攻下燥结为主。

少阳病邪在半表半里之间，故以大、小柴胡汤为主方。至于三阴病，因属虚寒、虚热之证，疾病起因多属寒邪直中少阴，以及年老虚弱抗邪乏力之人，病情均较险峻。

另一种则为传经之邪，因误治而呈现身体蜷缩，手足厥冷、昏沉萎靡或下利不止，脉象不清等，是危重之象。法以理中汤、四逆汤或附子汤为主方，取温通中阳和回阳救阴之效。

张仲景"六经"证治，乃是在当时疾病流行之时，通过医疗实践总结的一个热病治疗的总规律。

其次，《伤寒论》创造了"八纲"辨证的诊断方法。《伤寒论》在辨证论治方面也有重要创造，这就是诊断疾病时，以阴、阳、表、里、寒、热、虚、实为纲，通称"八纲"，"八纲"中阴、阳为总纲。

表、热、实属阳；里、寒、虚属阴。凡外感疾病，对身体壮实的人来说，病邪多从阳化，形成表、热、实证。而对身体虚弱的人来说，病邪多从阴化，成为里、寒、虚证。

"八纲"辨证的诊断方法是应用望、闻、问、切四诊法。从观察病人面色、形体、舌质，聆听病人声音，嗅闻排泄物气味，询问病史，现有病情，以及通过切脉、诊肌肤，了解病情的诸方面，从而取得疾病的深浅程度，病象的寒热、盛衰印象，然后分别疾病所属三阳、三阴的某一类型。

张仲景的《伤寒论》非常重视疾病的变化和假象。如一些症状，类似实热证候，而脉象却呈现沉细无力的，或如四肢厥逆者，而脉象却呈现沉滑有力

的，都是真寒假热或真热假寒现象，《伤寒论》有多条例证。

另外，张仲景认为在诊断病情时，脉象和证候要互相参证取得病情依据，有时要根据症状诊断病情，有时要根据脉象诊断病情。

最后，《伤寒论》给出了用药方法。《伤寒论》在用药方法上是多种多样的，可归纳为汗、吐、下、和、温、清、补、消8种方法。也可说是按照病情用药时的8个立方原则，通称"八法"。针对不同病情，可分别采取汗下、温清、攻补或消补的给药方法，也可分别并用。

凡寒证用热药或热证用寒药，为"正治法"。如疾病出现前面所说的真寒假热或真热假寒现象，可采取凉药温服，热药冷服，或者凉药中少佐温药，温药中少佐凉药。这称为"反治法"。

《伤寒论》一书所体现的治疗方法是多种多样的，是依据临床实际制订治疗方案的。有时先表后里，有时先里后表，或表里同治，极为灵活变通。后世总结该书共包括397法，113方。

其中"扶正祛邪"、"活血化淤"、"育阴清热"、"温中散寒"等治疗方法，对后世学者有很大启发，得到广泛应用。

《伤寒杂病论》成书以后，对后世医学之发展影响极大。其中，"六经辨证"论治的体系，具有极高的临床实用价值。其系统的辨证施治思想不仅对外感热病的诊治具有指导意义，而且广泛适用于中医临证各科。

"八纲"辨证是在《内经》理论的指导下，对"六经"辨证内容在另一个理论高度上加以系统化、抽象化，是"六经"辨证的继承和发展；脏腑辨证为后世脏腑辨证理论体系的最终形成，奠定了良好的基础。温病学说实为伤寒学说之发展和补充，二者相互补充，使中医外感病症治疗体系趋于完善；本草学说为后世本草学之研究，开创了一个新局面；方剂学成就基本包括了临床各科的常用方剂，故被誉为"方书之祖"。

总之，《伤寒杂病论》所确立的辨证论治原则和收录的著名方剂等，向为历代医家奉为圭臬，因而该书实为后世临证医学之基石。

 论 语

孟懿子问孝

孟懿子①问孝，子曰："无违②。"

樊迟③御，子告之曰："孟孙④问孝于我，我对曰无违。"樊迟曰："何谓也。"子曰："生，事之以礼；死，葬之以礼，祭之以礼。"

孟武伯⑤问孝，子曰："父母唯其疾之忧⑥。"

【注释】

孟懿子：鲁国的大夫，姓仲孙，名何忌，"懿"是谥号。

无违：不要违背。

樊迟：姓樊名须，字子迟。孔子的弟子，比孔子小46岁，他曾和冉求一起帮助季康子进行革新。

孟孙：指孟懿子。

孟武伯：孟懿子的儿子，"武"是他的谥号。

父母唯其疾之忧：其，代词，指父母。疾、病。

【解释】

孟懿子问什么是孝，孔子说："孝就是不要违背礼。"

后来樊迟给孔子驾车，孔子告诉他："孟孙问我什么是孝，我回答他说不要违背礼。"樊迟说："不要违背礼是什么意思呢？"

孔子说："父母活着的时候，要按礼侍奉他们；父母去世后，要按礼埋葬他们、祭祀他们。"

孟武伯向孔子请教孝道。孔子说："对父母，子女唯恐他们生病。"

【故事】

孟子自我培养浩然正气

自强不息精神被孔门弟子用于实践后，儒家的主要代表之一孟子继承了孔子的衣钵，他强调"善养吾

 论 语

浩然之气"，体现了自强不息的生命智慧。孟子是战国时期邹国人，是古代著名思想家、教育家，战国时期儒家代表人物。他继承并发扬了孔子的思想，成为仅次于孔子的一代儒家宗师，有"亚圣"之称，与孔子合称为"孔孟"。

孟子思想的形成，是和他母亲的教育分不开的。是孟母的言传身教，才使得孟子逐渐成为一个彪炳千古的儒学大师级人物。

孟子很小时就失去了父亲，母亲守节没有改嫁。孟母对孟子的教育很是重视，管束甚严，希望有一天孟子能成才为贤。

一开始，他们住在墓地旁边。孟子就和邻居的小孩一起学着大人跪拜、哭嚎的样子，玩起办理丧事的游戏。孟母看到了，就皱起眉头："不行！我不能让

我的孩子住在这里了!"孟母就带着孟子搬到市集。

到了市集,孟子又和邻居的小孩,学起商人做生意吆喝的样子。孟母认为:"这个地方也不适合我的孩子居住!"就又带着孟子去靠近杀猪宰羊的地方去住。

在这里,孟子便学起了买卖屠宰猪羊的事。孟母知道了,又皱皱眉头:"这个地方依然不适合我的孩子居住!"于是,他们又搬家了。

这一次,他们搬到了学校附近。每月农历初一这个时候,官员到文庙,行礼跪拜,互相礼貌相待,孟子见了一一都学习记住。孟母很满意地点着头说:"这才是我儿子应该住的地方呀!"

孟母三迁以后,虽然为儿子的成长创造了良好的环境,但并没有因此放松对儿子的严加管教。她认为,如果主观上不勤奋努力,还是难成大器的,应该抓紧对儿子的教育。在孟母的悉心教导下,孟子勤奋学习,掌握了丰富的知识。

后来孟子拜孔子的学生为师,学成以后,以士的身份游说诸侯,推行自己的政治主张,没有得到实行

的机会。最后退而讲学。

孟子是孔子思想的正统的继承者,他不仅授徒讲学,培养出了乐正子、公孙丑、万章等优秀的学生,还与弟子一起著书立说,著《孟子》7篇。

作为一代儒家宗师,孟子非常重视修养。在心性修养方面,孟子从"性善论"这一根本思想出发,注重以"劳其筋骨,饿其体肤,空乏其身"来锻炼意志,以"富贵不能淫,贫贱不能移,威武不能屈"的标准来衡量是否为"大丈夫",培养自己的浩然正气。

在《孟子》篇卷3公孙丑章句里,有孟子与学生公孙丑这样一段对话。孟子的学生公孙丑问孟子说:"老师,我大胆问一句,按现在话说就是你有什么本事和专长呢?"

孟子说:"我懂人,我懂人的性情是如何的,我知人情世故。我善于培养、养育我的浩然之气。"

公孙丑又问孟子:"老师,我再大胆问一句,什么叫作浩然之气呢?"

孟子回答说:"很难用言语表达与讲述它。它就是一种气,而这种气,是一种至极而正直之气,唯正直才能刚大，而能洞察识微，合于神明，所以很难说清楚它。"孟子进一步指出："要培养这种气，就要培养自身的道德与正义，不要做不好的事来损害它。这样久而久之，则可使其气，滋蔓塞满于天地之间，布施德教没有穷尽。"

"气"是一个哲学概念。我国传统哲学思想中，它表达了一个蕴涵在天地间，能使万事万物具有运动变化动力的能量，这种能量的总和，就称为"气"。气聚而成形为物，气动而使事物产生运动变化。

孟子浩然之气中的"气"，是指人身的，但是又能与天地相通相合的。他说的气里，包含了"气"作为一种根本性能量而推动了天地运行变化所产生的现象与规律，以及这种天地运行变化的现象与规律对人的影响。这种天地运行变化的现象、规律和性质，以人文思想与观念来解释，就是天地的精神。

孟子的浩然之气是配义与道而生出的，是人身集合、积累了正义才能产生出来的，是内而出的，不是非正义的东西可以取代、取得的。他认为，人的行为不符合道义时，就必然没有力量，而必软弱。

为了培养浩然之气,孟子强调意志的磨炼。他举古人的例子了证明这一点。如舜从田野之中被任用,傅说从筑墙工作中被举用,胶鬲从贩卖鱼盐的工作中被举用,管仲从狱官手里释放后被举用为相,孙叔敖从海边被举用进了朝廷,百里奚从市井中被举用登上了相位。

所以,孟子认为:"天将降大任于斯人也,必先苦其心志,劳其筋骨,饿其体肤,空乏其身,行拂乱其所为,所以动心忍性,增益其所不能。"

意思是说,上天将要降落重大责任在这样的人身上,一定要首先使他的内心痛苦,使他的筋骨劳累,使他经受饥饿,以致肌肤消瘦,使他受贫困之苦,使他做的事颠倒错乱,总不如意,通过那些来使他的内心警觉,使他的性格坚定,增加他不具备的才能。

孟子进一步强调,人经常犯错误,然后才能改正;内心困苦,思虑阻塞,然后才能有所作为;这一切表现到脸色上,抒发到言语中,然后才被人了解。

孟子还提出"生于忧患,死于安乐"的真知灼见:在一个国内如果没有坚持法度的世臣和辅佐君主的贤士，在国外如果没有敌对国家和外患，便经常导致灭亡。这就可以说明，忧愁患害可以使人生存，而安逸享乐使人萎靡死亡。

为了培养浩然之气，孟子强调应该有"大丈夫"志向。《孟子·滕文公下》记载：

> 富贵不能淫，贫贱不能移，威武不能屈，此之谓大丈夫。

意思是说，高官厚禄收买不了，贫穷困苦折磨不了，强暴武力威胁不了，这就是所谓大丈夫。大丈夫的这种种行为，表现出了英雄气概，显然是一种浩然正气。

"贫贱不能移"是人的理想、道德和一切做人的准则。这句话的真正意思是在告诫穷人：贫贱是很容易移的，恰如"富贵不能淫"实际上富贵是很容易沾染上淫的恶习一样，贫贱很容易使人将贫贱当作不可替代的理由，放弃理想、放弃道德、放弃一切做人的准则。

因此,穷人更应该有精神上的寄托,给自己的道德筑下"防洪堤坝"。无顾影之忧,光明磊落,活得旷达,简单明了,一切非议传谣,自然风止。这种浩然之气,令人景仰钦羡。

培养浩然之气的过程,也就是加强道德意识的过程。这种气是通过长期道德实践的积累从内心自然产生的,不是凭偶然几次合乎道德的行为勉强袭取的。孟子甚至认为,只要培养得法,这种气就会变得伟大而刚强,并且四处扩散,上下流行,充塞于天地之间。这充分体现了孟子强调道德作用的思想以及他的学说中具有的神秘主义因素。

孟子的"浩然之气"具有丰富的内涵。它源于孟子性善论的哲学思想及这种哲学思想影响下的独特个性,它以儒家道义为内容,以道德情感为动力。

同时,它也是孟子物质生命活力和精神心理活力的表现,其灌注于《孟子》作品全篇,就形成了孟子的文字具有磅礴雄浑的气势。

孟子的"浩然之气"学说,造就了我们民族最可敬的中流砥柱般的代代精英,他们以救世者的责任感和使命感创造着灿烂的思想文化,推动着中华文明不断向前发展。

杨王孙裸葬反铺张浪费

西汉时,葬礼铺张浪费之风越刮越厉害。最初是王孙贵族们,后来,平民百姓也纷纷效仿。为了安葬死去的亲人,有的负债累累,有的甚至倾家荡产。

这时,有一个名叫杨王孙的官员,他想用自己的实际行动,带头改变这股劳民伤财的厚葬之风。

于是,他把几个儿子叫到面前说:"我将来死后,我想裸葬自己,回到我原本真实的状态,你们一定不要改变我的意愿。你们可用一个布袋,把我头朝下脚冲上垂直装进去。然后挖一个七尺深的大坑,从脚后跟处抓住布袋,等尸体下去后就抽出布袋,让尸体直接与土地接触。"

儿子感到十分为难，不听从吧，违背父命是重大不孝；听从吧，于心不忍。但是杨王孙执意要儿子们按照他的安排去做。

几年后，杨王孙死了。他的儿子们按照他生前的安排，办了一个很简朴的葬礼。

杨王孙的做法在当时虽然并没有起到多大的作用，但却为后人丧葬从俭树立了好的榜样。

祭遵克己奉公称楷模

东汉时期的许多执政者，同样秉承了汉初勤政为民的执政精神，他们不计个人得失，心怀国家，心系百姓，愿做有益于国家和人民的事情。祭遵就是典型的一例。

祭遵，东汉初年颍阳人。他从小喜欢读书，知书达理，虽然出身豪门，但生活非常俭朴。

公元24年，汉光武帝刘秀攻打颍阳一带，祭遵去投奔他。汉光武帝收他为门下吏。后随军转战河北,当了军中的执法官,负责军营的法令。在任职中,他执法严明,不徇私情,为大家所称道。

有一次,汉光武帝身边的一个小侍从犯了罪,祭遵查明真情后,依法把这小侍从处以死刑。

汉光武帝知道后,十分生气,心想祭遵竟敢处罚他身边的人,欲降罪于祭遵。这时,主簿陈副来劝谏汉光武帝说:"严明军令,本来就是您的要求。如今祭遵坚守法令,上下一致做得很对。只有像他这样言行一致的人,号令三军才有威信啊!"

汉光武帝听了觉得有理,就赦免了祭遵,同时,让他担任刺奸将军,就是除暴去恶的将军,主要负责管制军事纪律。

汉光武帝曾经多次对诸将说:"你们要小心祭遵

 论 语

啊,我的亲信犯了法,尚且被他处死,你们如果犯了法,他也绝不会徇私情的。"

公元 26 年春,祭遵拜为征虏将军,定封颍阳侯。

祭遵不仅执法严明,也是一位能征善战的将领。他与各路大将一起,北平渔阳,西征陇蜀,为汉光武帝建立的东汉政权立下了战功。

有一次战事结束,汉光武帝曾经到祭遵军营慰劳,饱飨士卒,令黄门侍郎为将士们做武乐,直至深夜才停止。当时祭遵有病,汉光武帝诏赐厚厚的坐褥,上面覆盖着皇帝用的御盖。

祭遵为人廉洁,为官清正,处事谨慎,克己奉公,常受到刘秀的赏赐,但他将这些赏赐都拿出来分给手下的人。

祭遵克己奉公,不治产业,家中也没有多少私人财产。自己一生,穿皮裤,盖布被。夫人也裳不加缘,简朴至极。

祭遵的兄长祭午见他没有儿女,便替他做主,娶了一妾给他送去。祭遵坚决不受。他认为自己身负国

家重任，因而不敢图虑继嗣之事。祭遵不仅生活十分俭朴，即使是在临终前安排后事时，他仍嘱咐手下的人不许铺张浪费，只要用牛车装载自己的尸体和棺木，拉到洛阳简单下葬就可以了。

祭遵一生，很受汉光武帝赏识。他的去世，让汉光武帝悲悯异常。他的灵柩运回河南，汉光武帝命百官都去迎接，自己也素服亲临，望哭哀痛。汉光武帝经过他的车骑时，泪流满面，不能自己。然后，汉光武帝又亲自用太牢大礼祭祀他。

在举行祭遵的葬礼那天，汉光武帝再次亲临，封给"成侯"的谥号，给予他将军印绶和侯印绶。又用画像的容车载运祭遵的衣冠，命甲士列阵送葬。葬礼完毕，汉光武帝又亲自到祭遵的坟上吊唁，并到其家中慰恤其家属。

祭遵去世很多年后，汉光武帝仍对他的克己奉公精神十分怀念。后世常用祭遵的"克己奉公"四个字，来形容一个人对自己要求严格，一心为公的精神。

马太后不为亲族谋私

在东汉时期,汉章帝的养母马太后,也是一位深明大义,忧国忘家,值得后世称颂的女性。

马太后是东汉名将马援的小女儿,由于父母早亡,年纪很小时就操办家中的事情,把家务料理得井然有序,亲朋们都称赞她是个能干的人。她13岁那年,其堂兄马严上表请命,于是她进入太子宫。进宫后,她侍候汉光武帝刘秀的皇后阴丽华,很受宠爱。她和其他妃嫔友好相处,礼数周全,上下和睦,于是特别受到宠幸,太子刘庄经常与她住在一起。

汉光武帝去世后,太子刘庄即位,就是汉明帝,马氏被封为贵人。由于马贵人无子,当初她异母姐姐的女儿贾氏也被选入太子宫,生刘炟,汉明帝就把刘炟交给她抚养。马贵人尽心抚育,对养子宽爱慈和，刘炟虽非她亲生，但犹如亲子。由于皇太后阴丽华对马贵人非常喜爱，后来立她为汉明帝的皇后。

马贵人当了皇后，生活还是非常俭朴。她常穿粗布衣服，裙子也不镶边。一些嫔妃朝见她时，还以为她穿了特别好的料子制成的衣服。走到近前，才知道是极普通的衣料，从此对她更尊敬了。

马皇后知书识礼，时常认真地阅读《春秋》、《楚辞》等著作。有一次，汉明帝故意把大臣的奏章给她看，并问她应如何处理，她看后当场提出中肯的

意见。但她并不因此而干预朝政，此后再也不主动去谈论朝廷的事。

汉明帝去世后，刘炟即位，这就是汉章帝。马皇后被尊为皇太后。

汉章帝在位期间，外戚的问题是十分突出的朝政大事。对于外戚的地位以及其间的争斗，汉章帝时严时宽，时松时紧，游移不定。马太后遵照已去世的汉光武帝有关皇后家族不得封侯的规定，从不准许自己的家人利用她的身份地位谋取权贵。

马太后不仅自己提倡节俭，还以此要求自己的娘家人。她对于娘家人因私害公搞特殊化的行为，从不放过。在马家亲属中，如谁犯了微小的错误，她便首先显出严肃的神色，然后加以谴责。对于那些车马衣服华美，不遵守法律制度的家属，马太后就将他们从皇亲名册中取消，遣送回乡。而对亲族中有简朴、谦让义行的，她就加以勉励。

有一段时间，汉章帝打算赐封3位舅舅马廖、马防和马光。马太后知道后坚决不同意，并下诏斥责那些上书建议册封外戚的大臣。

马太后在诏书上说:

> 凡上书言封外亲者,皆欲献媚于我谋求好处。凡外戚贵盛至极,少有不倒台的。所以先帝在世慎防舅氏,令其不在枢机之位。我怎么能上负先帝之旨,下负先人之德,重蹈西京败亡的覆辙呢?
>
> 特此布告天下。

马太后的这道诏书传出,大臣们不敢再多说什么。她如此做并不只是谦虚,而是怕娘家人权势过盛后会不知收敛,而在自己死后如同西汉的那些外戚一样遭受灭族大祸,正是真心为自己家人着想。

汉章帝看到马太后的诏书后,觉得有些愧对3位舅舅,再次请求赐封。

他向太后面请道:"汉兴之后,舅氏封侯,与诸子封王一样,已成定制。太后原意是谦虚退让,为何不让我奉献加恩三舅的美意呢?且舅舅们年事渐高,身体多病,如有不讳,将使我遗恨无穷,望太后省

察,宜及时册封,不该拖延。"

马太后规劝汉章帝说:"儿女孝顺,最好的行为是使父母平安。如今不断发生灾异,谷价上涨数倍,我日夜忧愁恐慌,坐卧不安,而皇帝却打算先为外戚赐封,违背了慈母的拳拳之心。"

马太后了解汉章帝的心情,就进一步以马家没有为国立功为由,继续劝汉章帝说:"我反复考虑,实在不应加封。从前窦太后欲封王皇后兄,遭到丞相周亚夫的反对,说高祖有约,无军功者不得封侯。今马氏无功国家,怎能与佐汉中兴的阴、郭两家相比?而富家贵族、禄位重叠者,定难持久。我已对此深思熟虑,勿再提加封之事。况且你刚接帝位,天气异常,灾害频仍,谷价腾贵。正应为此事考虑,如何安顿百姓,渡过难关。怎么放着正事不干,先营封侯外戚呢?"

一席话,说得汉章帝只有俯首受教,唯唯退出。终于放弃了赐封的打算。

马太后到垂暮之年,有关部门接连以旧制为依据,再一次奏请章帝赐封各位舅父。汉章帝便瞒着马太后分别赐封三个舅舅马廖、马防和马光为顺阳侯、颖阳侯和许侯。

马太后听到消息后，找来三位兄弟规劝说："我虽已年老，仍告诫自己不要贪得无厌，我劝导兄弟共守此志，要使闭目身死之日不再遗憾。不料，我这老人的志向不再能够坚守！身死之日，我将永怀长恨了！"

马廖听了这话，羞愧难当，立即和马防、马光一起上书，请求辞去了一切官职，最后辞去新封，回到了自己的宅第。

在马太后的教导、影响下，内亲外戚乃至全国上下，一致崇尚谦逊朴素，都以简朴为荣，并能安分守法。

后来，马太后的母亲蔺夫人去世，家中人把坟茔砌得高一些，超过了朝廷制度的规定，马太后立命马廖将高出的部分削去，改回合适的高度。

公元79年农历六月癸丑，42岁的马太后病逝于长乐宫，封"明德皇后"。同年七月壬戌，她与汉明帝合葬于显节陵。

马太后身为皇母,能够将国家利益置于个人利益之上,其所作所为,对汉明帝、汉章帝两朝的政治都有着积极的影响。她是封建社会里少有的"国情"胜于亲情的贤淑女性,赢得了后世人们的赞誉。

寒朗不惜冒死平冤狱

东汉时期的侍御史寒朗也是历史上一个克己奉公的官员。他甘愿冒死,平反冤狱的壮举,是青史留名的重大事件。

那是在东汉明帝时期,汉明帝刘庄有个异母兄弟叫刘英,他暗中勾结奸臣颜忠、王平等人,阴谋发动叛乱。汉明帝知道后十分震惊,万万没有想到自己十分关心爱护的弟弟居然要造反,因而非常愤恨。

汉明帝下令,凡是与造反有一点牵连的人都要斩首。还当着大臣们的面宣布,谁要是反对这样做,就以同党论处。这就是东汉时期有名的"楚狱"案件。

颜忠、王平被抓起来以后，为减轻自己的罪责，就胡乱栽赃，诬陷好人。许多与"楚狱"无关的人，都被汉明帝处置了。一时间，满朝上下，人人自危，没有了敢于直言的人。

寒朗作为侍御史参加了审理"楚狱"案件。见此情景，就下决心要为无辜者辩不白之冤，弄个水落石出。

就在这时，颜忠、王平又揭发隧乡侯耿建、朗陵侯藏信、护泽侯邓鲤、曲城侯刘建等人参与了谋反。明帝闻讯大怒，下令"穷治楚狱"，追查到底。于是，包括耿建等四人在内的一大批与此案无关的官员被牵连进去。

在朝野上下的一片肃杀气氛之中，百官噤若寒蝉，力求自保，独有寒朗挺身而出，为无辜者叫冤。

寒朗敢这样做，不光是心伤其冤，更是为了追求司法公正，实事求是，纠正错案。这样做当然风险极大，弄不好就会丢掉身家性命，甚至殃及满门。寒朗深知个中利害，所以，他决不逞匹夫之勇而莽撞行事，而是做了周密调查悉心研究的充分准备。

论　语

为了查证清楚,寒朗亲自审问刘建等人。刘建等人冤屈地说:"我们与颜忠、王平等人连面都没见过,怎么会同他们一起谋反呢?"

寒朗听后,就命人将颜忠、王平押上来审问。寒朗严肃地问道:"既然你们揭发刘建等人曾同你们一块谋反,那你们说说刘建等人都长的什么样子?"

这一问,可把颜忠、王平问傻了,因为他们是胡编,根本没见过远在山东的刘建等人。寒朗听后非常气愤,决心冒杀头的危险,向汉明帝说明真相。

寒朗来到朝堂,向汉明帝跪奏道:"陛下,刘建等人根本没有参与谋反,是受奸臣诬陷而已,现已查清,还有很多人都是无辜受害者。"

汉明帝不想推翻自己最初的判断,因此对寒朗的话根本听不进去,他说:"四侯既然没有参与奸谋,那么颜忠、王平为什么要牵引他们?"

寒郎答道:"颜忠、王平自称所犯之罪大逆不道,难以饶恕,所以才大量捏造牵引,企图以此开脱自己。"

汉明帝说:"既然如此,刘建等人就没有罪过了,那你为什么不早早奏上,而是一直等到案子审完,还把刘建他们长久关押于此呢?"

寒朗答道:"虽然调查他们没有罪,但担心海内另外有别人揭发他们有奸谋,所以我没敢及时上奏。"

汉明帝暴怒地说:"你这明明是反对我处治参加造反的人!看来,你是被人收买了。来人啊!把寒朗拉出去斩首示众!"

这时,朝廷上空气十分紧张,但寒朗却神态自若,他高声说:"等一等,我早就做了杀头的准备,不过请皇帝听我把话讲完。"

汉明帝问道:"还有什么话,快讲!"

寒朗答道:"我自己知道要为此灭族,不敢牵连多

人,确实希望陛下万一觉悟而已。臣见到拷问囚犯的当事官吏,都说造作妖言是大罪,为臣子所应嫉恨,对牵连的人放掉不如关起来,以后可以没有责任。

"所以拷问一个牵连十个,拷问十个就牵连百个。公卿朝见时,陛下问以朝政得失,都是长跪而言。旧时规定大罪祸连九族,如今陛下大恩,只罪及其身,天下幸甚。等他们回到自己家,口中虽然不说,却暗自仰屋长叹,没有不知道此案有很多冤枉的,但都是不敢对陛下的决断有不同意见的。"

这时,汉明帝的脸色缓和了许多。

寒朗继续说:"我之所以要冒死奏明皇上,就是为了防止那些无辜者受到牵连,希望皇上能从盛怒中清醒过来。一些人助长皇上滥杀无辜,是为了自己当官,不是为了国家,这样下去冤狱越来越大,就会造成众叛亲离的结果,那么江山就要被断送。我这些话,请皇上三思。"

寒朗的滔滔一"辩",言之有据,入情入理,可谓义正词严,无懈可击。

汉明帝被寒朗的真诚、直率所感动,终于醒悟了过来，觉得寒朗人品可贵，也就没有再去追究寒朗的失察之责。

过了两天，汉明帝亲自摆驾洛阳监狱，审查囚徒。经查实、审理，开释了那些无辜的受害者。后来，王平、颜忠死在监狱中。

寒朗知道自己有失察之罪，虽然皇帝没有追究，但有过必罚，就把自己关押起来。不久，汉章帝刘炟即位，知道了寒朗的事情就赦免了他。

这件冤案，在寒朗的据理力争之下，终于得到了制止。当然，在君主专制社会的大环境下，寒朗的辩冤解狱，确乎来之不易。

寒朗为别人的事在君王前冒死强谏，不是一个"笃"字了得，除了基于"仁者之情"外，还有一个因素，那就是他能够冷静分析，想出高明的办法审察颜忠、王平，从而察出端倪，判定冤情。

寒朗不计身家性命，舍生忘死平冤狱，甚至甘愿把自己投入大牢，真正做到了"公正无私"。这种可贵的克己奉公精神，深得后人赞叹！

是仪不存私心勤奉公

三国初期也不乏克己奉公的典范式人物。在孙权执掌大权的吴国,有一个专管国家机要的骑都尉,名叫是仪,他是一个文武双全,德才兼备的官员。

是仪原本姓氏,叫"氏仪",东汉末年的大文豪孔融说"氏"字是"民"无上,不吉利,建议他改为姓"是"。于是,"氏仪"改为"是仪"。

是仪前后做官50年,从县吏到公卿、封侯,但他从未置过任何产业,不接受额外赏赐和别人的馈赠,一辈子过着极为俭朴的生活。

是仪布衣素食,从不追求精美华丽的服饰和味香色佳的菜肴,更

谈不上能粉黛附珠之妾和珍宝玉器了,他省吃俭用,把剩余钱粮都接济了贫困的乡邻。

是仪廉于自身,固守清俭的行为,受到当地人的尊敬,大家交口称赞。人们一传十,十传百,不久传到了孙权那里。

孙权一开始并不太相信。因为在当时的东吴,原来南方的土著士族和北方南迁的世家大族,攀比排场,使奢侈之风日益兴盛,有的人身居高官,不思政务,却挖空心思搜刮财物,有的士族甚至积谷万仓,妻妾成群,婢女盈房,用粮肉喂犬马。

孙权想:是仪固然可能没有田产,但到底会不会像朝野上下所赞誉的那样俭朴呢?为了证实传闻,他决定去是仪家看个究竟。

这一天,孙权连个招呼都不打,就驾车专程来到了是仪家。只见他的屋舍简陋窄小,年久失修,显得破旧,屋内光线昏暗,全然不像个朝廷重臣的宅第。

过了一会儿,正巧是仪家开饭,孙权坚持要亲眼看看是仪家平时的饮食,端上来的是粗米饭和简单的蔬菜,亲口尝一尝,味道很一般。

孙权叹息不已,连声说道:"想不到你为官数十载,身为朝廷股肱,竟吃得这么差,住得这么寒酸,耳闻目睹,可敬可佩!"说罢,孙权吩咐增加是仪的俸禄,并额外赏赐给他田产和住宅。

是仪执意不肯接受,一再辞谢道:"臣一生俭节,粗茶淡饮足矣。"

孙权只得作罢。从那以后,孙权对是仪倍加尊重。有一年,他外出巡视,又路过是仪家附近,忽见一幢壮观的新宅大院,外表修饰得富丽堂皇,在一片低矮的旧宅中显得十分引人注目。

孙权问左右:"这是谁家的新宅,如此富丽?"

侍从中有人随口答道:"好像是是仪家。"

孙权连连摇头,说道:"是仪俭朴过人,堪称廉洁奉公的楷模,肯定不是他家营建的新房。"

后来经过查问,果然不是是仪的房子。是仪就是这样被孙权所了解信任。

是仪经常向孙权提出建议,从不谈论他人短处。孙权常责备是仪不谈论时事,是非不明,是仪回答说:"圣明君主在上,臣下尽忠职守,唯恐不能称职,实在不敢以臣下愚陋的言论,干扰圣上视听。"

有一次,校事吕壹诬告前江夏太守刁嘉诽谤国家政策,孙权大怒,将刁嘉逮捕入狱,彻底追查审问。

当时与刁嘉一起在座的人都惧怕吕壹,同声说刁嘉曾有过此事。孙权诏令追究深查,诘问数日,越来越严厉,群臣吓得连大气都不敢出。这时,只有是仪说没听到过刁嘉有此事,在孙权的多番严厉质问下,是仪仍然如实回答,他说:"如今刀锯已压在臣的脖子上,臣下怎敢为刁嘉隐瞒自取灭亡,成为对君王不忠之鬼。但是,知与不知当有始末,臣下确未察知刁嘉有半点不轨之举!"

最后孙权相信了是仪,只好把刁嘉放了。刁嘉也因此而得以清白,免遭处罚。

是仪为国家服务数十年,未曾有过过错。吕壹身为典校郎,多次向孙权告发将相大臣,并说在被告发的人中,有的人一身就犯有三四项过错,但吕壹唯独没告发过是仪。

是仪在临终前,留下遗言:"我死后只穿平常衣服入殓,薄棺素身,不要髹漆装饰,丧事杜绝奢华,一切务必从俭。"

按照是仪的遗愿,子女亲友们从简办了丧事。

是仪一生勤勉、公不存私、清心寡欲的高风亮节,一直保持到生命最后一息。他的美德,被后世一代一代流传下来,影响了许多人。

子游问孝

子游①问孝。子曰:"今之孝者,是谓能养。至于犬马,皆能有养,不敬,何以别乎?"子夏问孝,子曰:"色难②。有事,弟子服其劳;有酒食,先生馔,曾是以为孝乎?"子曰:"吾与回言终日,不违③,如愚。退而省其私④,亦足以发,回也不愚。"

【注释】

①子游：姓言名偃，字子游，吴人，比孔子小45岁。

②色难：色，脸色。难，不容易的意思。

③不违：不提相反的意见和问题。

④退而省其私：考察颜回私下里和其他学生讨论学问的言行。

【解释】

子游问什么是孝，孔子说："如今所谓的孝，只是说能够赡养父母就足够了。然而，就是犬马都能够得到饲养。如果不存心孝敬父母，那么赡养父母与饲养犬马又有什么区别呢？"

子夏问什么是孝，孔子说："最不容易的就是对父母和颜悦色。仅仅是有了事情，儿女需要替父母去做，有了酒饭，让父母吃，难道能认为这样就可以算是孝了吗？"

孔子说："我整天给颜回讲学，他从来不提反对意见和疑问，像个蠢人。等他退下之后，我考察他私

下的言论，发现他对我所讲授的内容有所发挥，可见颜回其实并不蠢。"

【故事】

童年贪玩的大儒孟子

孟子，名轲，字子舆，山东邹县人，战国时期著名思想家、教育家。从小不爱学习，顽皮成性，后在母亲的感染下，发奋读书，终成为一代儒师。

战国时间，在山东邹县的一户贫苦人家，刚刚3岁的孟轲便失去了父亲，家庭的重担全部落在母亲一个人肩上，孟母每天辛苦劳作把孟子抚养成人。孟母很重视教育，一心想把孟轲培养成有学问的人。

童年的孟轲很贪玩，孟家附近有一块墓地，经常有出殡、送葬的人群，不是吹吹打打，就是哭哭啼啼。孟轲经常与伙伴们一起模仿他们。

孟母见了很生气，对儿子说：

"你父亲是一位有学问的人，他因为生病而英年早逝，不能从小教你读书认字。我们家境又不好，若你不认真读书，将来怎会有出息？"

为了让孟轲能够受到良好的教育，孟母把家迁到城里。她以为孟轲可以专心读书了。

但孟轲的家背后离闹市很近，嘈杂的声音使孟轲无法认真读书。孟轲和他的新伙伴常常模仿卖货的、打铁的、杀猪的。孟母见了更为生气，于是决心再次搬家。

这一次，孟母把家迁到了学宫附近。学宫是读书胜地，许多读书人在那里学习，还时常演练礼仪。

孟轲受到了感染，每日在家中专心读书，也渐渐模仿起学宫中演练礼议的举止来。

不久，孟母把孟轲送入了学宫。孟轲在那里学到了很多知识和礼仪，接受了许多新思想，也为他今后的成功奠定了基础。

初到学宫，孟轲对学习兴趣很浓，也很用功。但年幼的孟子并不懂得母亲望子成龙的良苦用心，不

久,孟轲又重蹈覆辙,便开始整天只知玩耍。他爱上了射鸟,并自制了一套非常精致的弓箭用来射鸟。

有一日,孟轲正在上课,人在课堂,心思却早已跑出窗外。他突然想起了村东湖中的天鹅,想射一只来玩玩,于是就再也坐不住了。他趁老师不注意,偷偷地溜出了学宫,跑回了家。

正在家中辛苦织布的孟母见孟轲又逃学回来,随手抄起身旁的一把剪刀,猛地几下把织机上已经织成的一块布拦腰剪断了。

孟轲从未见母亲如此生气,他愣在那里,不知所措。母亲严厉地问道:"这布匹断了还能重新接好吗?"

"不能。"孟轲怯声答道。

孟母又说:"你不专心读书,半途而废,将来也会像这断了的布匹一样,成为没用的废物。"

话一出口,孟母再也抑制不住自己的情绪,伤心地痛哭起来。

孟轲看到伤心的母亲,又看看被母亲割断的布,恍然大悟,跪到母亲面前,说:

"母亲,原谅孩儿吧,孩儿一定不辜负母亲的希望,好好念书。"

从此以后,孟轲发奋学习,终于成为满腹经伦的大学者。

长大后的孟子虽然学富五车,然而仍不满足,决心外出历练,同时拜访明师,继续上进。

在游历到孔子的故乡曲阜时,几经周折,拜孔子的得意弟子、曾子的传人、品德高尚的司徒牛为师。

从此,孟子跟随司徒牛又开始向更高的境界迈进。经过多年的努力,孟子终于成了一代大儒。

秦代对孝道思想的继承

秦始皇建立统一天下后,秦代士人在思想建设方面取得了积极成果,认识到了孝道的力量,这是其中的重要思想成果之一。

秦代对孝道思想的认识，还要从与秦始皇密切相关的嫪毐事件说起。

公元前246年，13岁的秦王嬴政即位，这就是后来的秦始皇。秦王的母亲赵姬在儿子即位后成了王太后。

据说赵姬年轻貌美，与扮成宦官的嫪毐终日厮混，结果接连为秦王生了两个小弟弟，并打算等到秦王去世之后，好让这两个小孩做秦国的皇帝。

在太后的不断关照下，嫪毐获得了一路晋升。公元前239年，嫪毐获封长信侯，以山阳郡为其食邑，又以河西、太原等郡为其封田。嫪毐门下家僮最多时有数千人，希望做官而自愿成为嫪毐门客的也达到千余人。

不过按照秦国的规

矩，封侯可谓相当困难，例如王翦在灭楚前，曾向秦王提到自己为将多年，仍未得封侯之赏，而王翦当时已经有消灭赵国，重创燕国的战绩。令人讶异的是，嫪毐无寸功而封侯，可见太后对他格外关照。

可惜的是，机关算尽太聪明，反误了卿卿性命。等待他的，将是一场灭顶之灾。

公元前238年，22岁的秦王按照惯例到秦国旧都雍举行冠礼。其间有人向嬴政告发嫪毐为假宦，并与太后赵姬淫乱，甚至还试图以其与太后所生之子为秦王，嬴政下令彻查。

在秦王着手调查时，嫪毐决心孤注一掷，先发制人。他收买党羽，与太后密谋，欲除秦王。又窃取玉玺，准备调动地方军队以及他的家人攻占秦王居住的蕲年宫。

嫪毐毕竟是市井小人，小人得志忘乎所以。一天他与朝臣饮酒，酒后无意说出了自己的野心，朝臣慌忙报告嬴政。

秦王早就看嫪毐不顺眼，闻听朝臣的报告，果断行动，令相国吕不韦及有楚系外戚背景的昌平君、昌

文君兄弟率兵平叛。嫪毐军本是乌合之众，不堪一击，加之不得人心，很快就被击溃。

在悬红铜钱百万的重赏下，嫪毐被生擒，被送至咸阳后，秦王将其处以车裂之刑。但对于自己的母亲，秦王不能处分，只好将她贬入雍地，就是现在的陕西宝鸡凤翔县，软禁起来。

一国之君幽禁母亲，毕竟是件大逆不道的事情。在秦国为客卿的齐国人茅焦大发感慨："儿子囚禁母亲，天地翻覆。从古至今，哪里有这种道理？"

秦王闻知后火冒三丈，打算杀了茅焦。但茅焦来到秦王面前，不慌不忙地行过礼，说："忠臣不讲阿谀奉承的话，明君不做违背世俗的事。现在，大王有极其荒唐的作为，我如果不对大王讲明白，就是辜负了大王。"

秦王停顿了一会，说："你要讲什么？说来听听。"

茅焦说："天下之所以尊敬秦国，不仅仅是因为秦国的力量强大，还因为大王是英明的君主，深得人心。现在，大王将母亲软禁在外，是为不孝。如此的品德，如何让天下人信服呢？"

秦王听了茅焦的话后深为震动，知道自己的行为对统一天下大业不利。于是，他亲自走下大殿，扶起茅焦，说："赦你无罪！先生请起，穿上衣服。我愿意听从先生的教诲。"

茅焦进一步劝谏，最后说："秦国正图一统天下，大王更不能有迁徙母后的恶名。"

秦王采纳了茅焦的建议，亲自率领车队，前往雍地把太后接回都城咸阳，母子关系得以恢复。

返回咸阳的太后极为高兴，设酒宴款待茅焦，席间对茅焦赞赏有加，说安定秦国的江山社稷，使母子重新相会，都是茅焦的功劳。其实茅焦冒死进谏，他最大的愿望是为秦王争得一个好的名声。

公元前229年，太后赵姬去世，谥号为"帝太后"，与庄襄王合葬在一起。

公元前221年，秦王统一天下建立秦国，自己号称秦始皇。他巡游各地，刻石称功，其中有不少宣扬孝道的文字。

公元前219年，秦始皇东行郡县，第二次从咸阳

出发经函谷关、洛阳、荥阳至东鲁邹县的绎山。绎山位于现在的山东邹城市东南。

绎山高五里,秦始皇上绎山,与鲁诸儒生议刻石、颂秦德、议封禅,望祭山川之事。后来在山顶竖立第一幢刻石,刻有李斯的小篆,被后世称为《绎山刻石》。

此碑后被北魏太武帝登绎山时推倒。但因李斯小篆闻名遐迩,碑虽倒,慕名前来摹拓的文人墨客、达官显贵仍络绎不绝。原石虽已被毁,但留下了碑文。今天所见到的是根据五代南唐时期的文学家、书法家徐铉按原作临摹的摹本,现藏在西安碑林里。

《绎山刻石》全文223个字,其中有李斯等群臣颂扬秦始皇"上荐高号,孝道显明"的文字,表明秦始皇善于继承弘扬历史的优秀传统。

秦始皇为了使自动的儿子们忠于自己,还用孝道去教育他们。以至于赵高伪造遗诏迫令太子扶苏自杀时,蒙恬怀疑其中有诈,让扶苏上疏问个明白。

可扶苏却说:"父而赐子死,尚安复请?"颇有"父让子死,子不得不死"的浓重孝道氛围。

秦始皇为了使民众服从，还通过刑法的形式，在民间推行孝道，"以治黔首"。只不过这种依靠法律来使全国民众接受孝道的方式，只是"尊尊"而无"亲亲"，忽视孝道中调节人际关系的亲情温暖，使之变成单纯的权利义务关系，从而丧失了孝道的社会整合功能。

作为一个具有雄才大略的政治家和军事家，秦始皇的对孝道的遵行，引领了秦代士人对孝道的认识，更使他无愧于"千古一帝"的称号。

汉文帝家事国事两相宜

公元前206年，西汉王朝建立。汉代初期尊崇"黄老"之说，汉武帝罢黜百家，独尊儒家，都是以孝为家法的。汉初强调"以孝治天下"，所以继嗣皇帝谥号都有"孝"字，意喻强调孝治天下。

因为汉代施行的是"孝道治天下"，所以普通人

论 语

想当官只有通过举孝廉才能当官。皇帝是全国之主，上行下效也应当要孝敬父母。

汉代注重对孝悌的传承，汉文帝刘恒当属实践这一主张的典范。

汉文帝是汉高祖刘邦的第三个儿子，他的母亲薄姬，是楚汉相争时魏王魏豹的一个姬妾。汉文帝做了皇帝后，他的母亲薄姬便成为皇太后。汉文帝从小就奉行孝道。他被封为代王时，生母薄太后跟随他住在一起。汉文帝与母亲感情深厚，倾心地侍奉母亲，尽力让她感到快乐和满足。

人吃五谷杂粮，肯定也会生病，薄太后老了，经

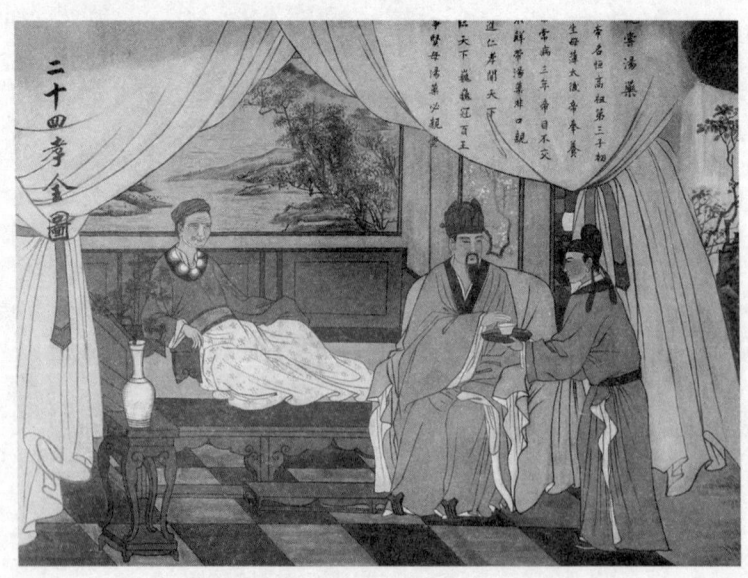

常生病，汉文帝关心备至。他的母亲卧病3年，身为人子，他不把自己当成有权力的皇帝，而是经常衣不解带，不眠不休，伺候母亲，从不懈怠。

作为一个皇上，手下有那么多的侍从奴才，但是汉文帝亲自伺候母亲，询问病情，亲自熬药。每次太医给母亲开的药，熬好以后，汉文帝都要亲自品尝，然后才侍奉母亲服用。

自古道："久病床前无孝子"，而汉文帝却能做到日复一日。他的仁义和孝顺感动了天下人，这种高贵的品质，让人们尊敬和钦佩。

汉文帝不仅在孝敬母亲时以身作则，对亲情也非常重视。他在对待窦皇后家族的问题上，也表现出大度的胸襟。

汉文帝的妻子窦漪房一直以来都有一个愿望，那就是找到已经失散多年的兄弟，其次就是对已故双亲尽一些孝道。虽然窦漪房已经贵为皇后，但她依然不敢提出这样的要求，因为当时薄太后正忙于尊礼薄氏祖先。她感觉不该和老太太攀比。

但窦漪房一个好心的决定帮了她大忙，就在她被

册封的那一天,她向汉文帝提议,宴请天下所有鳏寡孤独之人,并赐给生活穷困之人布匹、米面、肉食,对于80岁以上的老人、9岁以下的孤儿,分别赐给每人一石米、20斤肉、5斗酒、两匹帛和3斤棉絮。

以善闻名的汉文帝对皇后的建议大加赞赏,并很快实施。于是,天下老百姓都对窦漪房皇后的善心口口相传,窦漪房的家世也逐渐流传开来。

这时,一个叫窦少君的年轻人听到了窦漪房的家世。他就是窦漪房的亲弟弟,当年分别的时候,窦少君才五六岁,现在已经成人。窦少君的姐姐离开没多久,厄运就降临窦少君身上,由于哥哥在外面劳作,家里没有人看管,窦少君被拐走了。他先后被拐卖多次,最后在河南阳宜一户财主家当了奴仆。

后来,窦少君跟着主人来到了长安。有一天窦少君在卦摊算了一卦,想看一下自己的命运如何,不料抽到一个上上签。算卦的老头说他在不久的将来就会大富大贵。窦少君打死也不信自己会有大富大贵,对算卦老头说的话并没有放在心上。

窦少君从卦摊回来的路上,听到了皇后窦漪房的故事。窦漪房？当他听到这个名字的时候，怔了一下。自己当年被送进宫的那个姐姐不也叫窦漪房吗？再联想刚才算卦老头说的话，他有点将信将疑了。有希望总比没希望好，于是他豁出去了，向皇帝上书，说自己是皇后失散多年的亲弟弟窦少君。

汉文帝看了这封信，问窦漪房怎么回事。窦漪房只好把自己的身世一五一十地向汉文帝说了。

汉文帝听了，捶胸顿足，说自己有愧于皇后，只顾自己的亲人，却把妻子的亲人忘记了。于是，他和窦漪房一起召见窦少君。

窦皇后的相貌虽然改变了不少，但是窦少君还是认得出来。但是窦漪房已经认不得弟弟了，因为当初离开的时候弟弟才五六岁，如今已经长大成人。

窦漪房怕误认，那样将带来不堪设想的后果。于是她问窦少君有什么证据证明他就是自己的弟弟。

窦少君不仅把父母怎么死的说了出来，还回忆了当年姐姐离开他的情景，最后一次给他洗头发，最后一次做饭给他吃等。说着说着就忍不住流下泪来。

这时候，窦漪房再也控制不住自己的情绪了，跑

 论语

下去和弟弟紧紧拥抱在一起。这一幕被史官详细地记录了下来。书上说,当时不仅大汉的皇帝感动得落泪了,连旁边的宫女也跟着哭泣。

汉文帝为了表达自己的愧疚之情,赏赐窦少君大量的财产和田地。窦漪房深知汉文帝勤俭节约的品性,不可因为自己而破例,只让弟弟接受了足够养活他的部分财产和田地。不久又拿出自己的金银首饰来弥补汉文帝赏赐弟弟所造成的亏空。有这样一位贤明的皇后,汉文帝这一辈子也就满足了。

不久窦漪房的哥哥也找到了,三兄妹终于团聚。今日不同往昔,三兄妹谁也不会想到会有今天。汉文帝照例又要赏赐窦漪房的哥哥,但又被窦漪房阻止。

照理说,这是窦漪房的家事,与别人无关,可是她是皇后,皇后没有家事,皇后的一切事都是国家大事。杯弓蛇影的大臣们见窦漪房突然冒出来两个年轻力壮的兄弟,有点吃不消了。他们担心窦漪房会出来后宫干政,要把隐患消除在萌芽状态之中。其实连萌芽都没有,一切只是大臣们的假想。

一次早朝,几个串通好的大臣联合起来对汉文帝

进谏，大意是说窦氏兄弟都是鲁莽之徒，没有任何文化素养，不应该依靠皇后的裙带关系而加官晋爵，让他们做富贵闲人。并且还要挑选德高望重、学识渊博的大臣与他们比邻而居，教导监督他们，以防止他们滋事扰民。

汉文帝没有立即答复大臣们的进谏，尽管他相信窦漪房绝无干政的可能，但历史上后宫的祸国殃民仍然使他如芒在背。当天晚上，他把大臣的进谏对皇后说了，面露为难之色。

善解人意的窦漪房马上解除了汉文帝的忧虑，她说大臣们的进谏是对的，哥哥弟弟没有读多少书，正需要教导。最后又强调一句，无论汉文帝做怎样的决定，她都支持。

在窦漪房的辅佐下，西汉时期政权也能继续由汉高祖刘邦时期定下的"以民生息"、"无为而治"的精神，把汉王朝推上了强盛的高峰。

汉文帝不仅在处理家庭事务上有仁爱之心，在治国方面也将他儒家的仁爱普泽天下。在位期间，他继承执行与民休息和轻徭薄赋的政策。他两次把田租减

为三十税一,甚至 12 年间免收全国田赋。他兴修水利,加速发展农业生产。

他减轻刑罚,取消了连坐法和割鼻、砍脚、脸上刺字等肉刑;逐步削弱诸侯王势力,以加强中央集权;驻军北方,迁百姓住在边境,增强北部边境的防御力量。大汉王朝由此逐渐趋向安定,并一度呈现出富庶景象。

后来的景帝继承推行汉文帝的政策,历史上将汉文帝、汉景帝时期的统治,誉为"文景之治"。据说,到景帝时期,国库里的钱堆积成山,穿钱的绳子都腐烂了;粮仓满了,粮食堆在露天,有的都发霉腐烂了。可见物质基础已经相当丰厚。

总之,汉文帝是一个非常孝敬母亲的皇帝,也是一个非常注重亲情的皇帝,他做到了一个好皇帝应该具备的素质,也为大汉百姓和世界留下了一片灿烂光辉。

"文景之治"在汉代是最辉煌的时代,超过从前历史任何时候的繁荣,这也是一个注重孝道和亲情的皇帝的功德。

缇萦上书救父废除肉刑

淳于意是汉文帝时齐临淄（即今山东淄博东北）人，曾任齐太仓令，精医道，善于辨症审脉，曾治好过许多疑难杂病。

淳于意自幼热爱医学，精于望、闻、问、切四诊，尤以望诊和切脉著称。因其经常拒绝对朱门高第出诊行医，被富豪权贵罗织罪名，送京都长安受肉刑。

他的幼女缇萦年方15岁，随父起解西入长安，一路上照顾老父的行程。缇萦抱定一死的决心，选定灞桥作为她犯颜上书的地方；她双手高举预先准备好的书状，静等皇帝车骑的到来。

皇帝的车骑终于出现在眼前，当左右武士把瘦小的缇萦押到皇帝跟前，汉文帝看到的是一个泪流满面的弱女子，他的内心深处立即涌起一股怜惜的心情。

他吩咐左右接过她的书状,并展开阅读:"我父亲做官时,齐地一带老百姓都称赞他廉洁公平。如今犯了罪,应该受罚。人死不能复生,受肉刑断了手足也不能再长出来,虽然想改过自新,也不可能了。我情愿给官府做奴婢,替父赎罪,让他有一个改过自新的机会。"

汉文帝看到缇萦写的信后,深受感动,没有想到这么年轻的少女能有如此的智慧和文才,就免了她父亲的罪,并下令废除了肉刑。

与月同辉的天文学家刘洪

刘洪是汉光武帝刘秀侄子鲁王刘兴的后代,自幼受到了良好的教育,青年时期曾任校尉之职,对天文历法有特殊的兴趣。160年,他的天文历法天才渐为世人所知,被调任太史部郎中,执掌天时、星历。

此后10余年,他积极从事天文观测与研究工作,奠定了坚实的天文历法基础。在此期间，他与参与人一起测定了二十四节气，以及太阳所在恒星间的位置、午中太阳的影长等天文数据。

约174年，刘洪关于太阳、月亮和"金、木、水、火、土"五大行星的天文学专著《七曜术》，引起了朝廷的重视。汉灵帝特下诏派太史部官员对其校验。刘洪依据校验结果，对原术进行了修订，写成《八元术》。测量天文数据和写成天文学著作，是他步入天文历法界的最初贡献。

鉴于刘洪在天文历算上的造诣，蔡邕推举他到东观一同编撰《东汉律历志》。蔡邕善著文、通音律，刘洪精通历理和算术，两人优势互补，出色完成了编撰任务。刘洪随即提出的改历之议虽然并未获准，但他却因此名声大振，成为当时颇负众望的天文学家。

此后，他主持评议王汉提出的交食周期的工作，又参与评议冯恂和宗诚关于月食预报和交食周期的论

争。刘洪以其渊博的学识和精当的见解,均获得高度赞誉。不久,他初步完成并献上他的《乾象历》。

由于历中对月亮运动的描述,具有明显的优越性和可靠性,当即被采纳,取代了东汉《四分历》中的月行术。

约189年,汉灵帝任刘洪为山阳郡。在这以后大约10年的时间里,刘洪在努力料理繁重政务的同时,继续改良和完善他的《乾象历》,并注意培养学生,力图使对天文历法的研究后继有人。

当时著名的学者郑玄、徐岳、杨伟、韩翊等人都曾先后出其门下,这些人后来为普及或发展《乾象历》作出了各自的贡献。

206年,刘洪最后审定完《乾象历》,把积累多年的研究结果加了进去。虽然刘洪生前没有看到《乾象历》的正式颁行,但他数十年心血没有白费,经徐岳的学生阚泽等人的努力,《乾象历》于232年至280年正式在东吴颁行。

刘洪的《乾象历》创新颇多,不但使传统历法面貌为之一新,且对后世历法产生巨大影响。至此,我国古代历法体系最后形成。刘洪作为划时代的天文学家而名垂青史。

刘洪的《乾象历》确立了很多历法概念及经典的历算方法，是我国古代历法体系最终形成的标志，其中对月亮运动和交食的6项研究成果，具有划时代的意义。

第一项成果：提出朔望月和回归年长度两值偏大。刘洪在研究中发现，根据前人所取的朔望月和回归年长度值推得的朔望弦晦及节气时刻，总滞后于实测值。经过数十年潜心思索，他大胆提出上述两值均偏大的正确结论，并进行修正。

刘洪通过实测，用推算出的新数据取代旧数据，不仅具有提高准确度的科学意义，而且他那种敢于突破传统观念、打破僵局的勇敢态度为后来者树立了光辉的榜样。

第二项成果：刘洪确立近点月概念和它的长度计算方法。

刘洪在《乾象历》中对月亮近地点的移动作了精辟的总结，得出了独特的定量描述方法。月亮的运动

有迟有疾，其近地点也不断向前移动。

刘洪经过测算，得出月亮每经一个近点月时，近地点前推进的数值，又进一步建立了计算近点月长度的公式，并明确给出了具体数值。我国古代的近点月概念和它的长度的计算方法从此得以确立，这是刘洪关于月亮运动研究的一大贡献。

第三项成果：刘洪解决了后世历法定朔计算的关键问题。

刘洪长期坚持每日昏旦观测月亮相对于恒星背景的位置，获得了大量的第一手资料，进而推算出月亮从近地点开始在一个近点月内的每日实际行度值。

刘洪把月亮每日实行度、相邻两日月亮实行度之差，每日月亮实行度与平行度之差，和该差数的累积值等数据制成表，即月亮运动不均匀性改正数值表。这就是月离表，为刘洪首创。

要想求任一时刻月亮运动相对于平均运动的改正值，可依此表用一次差内插法加以计算。这个定量描述月亮运动不均匀性的方法和月离表推算法，是我国古代历法的经典内容之一，后世莫不从之。

在《乾象历》中,该法仅用于交食计算;实际上月离表已经解决了后世历法定朔计算的关键问题。

第四项成果:刘洪确定了黄白交点退行概念的确立和退行值。

刘洪确立了黄白交点退行的新概念,虽然他没有给出交点月长度的明确概念和具体数值,但实际上已经为此准备了充分和必要的条件,为后世的发展奠定了结实基础。而黄白交点退行概念的确立和退行值的确定,是刘洪在月亮运动研究方面又一重大进展。

第五项成果:刘洪建立了月亮运动轨道,即白道的概念。

刘洪对月亮运动研究的另一重大成就是关于月亮运动轨道,即白道概念的建立。这标志着自战国以来对月亮运动轨迹含混不清的定性描述局面的结束。

刘洪给出的黄纬值为 6.1 度,误差 0.62 度。刘洪还给出了月亮从黄白交点出发,每经一日距离黄道南或北的黄纬度值表格,可由该表格依一次差内插法推算任一时刻的月亮黄纬。这就较好地解决了月亮沿

白道运动的一个坐标量的计算问题。

研究表明,这一方法推得的月亮黄纬值的误差仅为0.44度。此外,刘洪还给出了月亮距赤的度距的计算方法。这些表述和方法都对后世历法产生了深远影响。

第六项成果:刘洪对交食周期的探索。刘洪提出11045个朔望月正好同941个食年相当的新交食周期值,推得一个食年长度,其结果的精度大大超过前人及同代人。

除上述研究成果外,刘洪在五星运动研究上也取得了一些进展。如关于五星会合周期的测算,在东晋以后,就被《乾象历》的五星法所取代,并自此沿用了百年之久。所以《乾象历》的五星法无论在当时还是在其后较长一段时间内,都是很有影响的。

刘洪取得了一系列令人瞩目的天文学成就,这些成就的显著特点是"新"和"精",或是使原有天文数据精确化,或是对"新天文概念"、"新天文数据"、"新天文表格"、"新推算方法"的阐明,大都载于《乾象历》中。难怪有人称赞《乾象历》是"穷幽微"的杰作。

刘洪的《乾象历》使传统历法的基本内容和模式更加完备,他所发明的一系列方法成为后世历法的典范。这些成果,成为我国古代历法体系最终形成的里程碑,已经被载入史册。

视其所以

子曰:"视其所以[1],观其所由[2],察其所安[3]。人焉瘦[4]哉?人焉瘦哉?"

子曰:"温故[5]而知新[6],可以为师矣。"

子曰:"君子不器[7]。"

【注释】

[1] 所以:所做的事情。

②所由：所走过的道路。

③所安：所安的心境。

④廋：隐藏、藏匿。

⑤故：已经学过的知识。

⑥新：刚刚学到的知识。

⑦器：器具。

【解释】

孔子说："考察一个人的所作所为，观察他的经历、办事的手段和方法，考察他的心境。那么，这人还怎能隐藏得住？这个人还怎能隐藏得住呢？"

孔子说："在温习旧知识时，能有新体会、新发现，这样就可以当老师了。"孔子说："君子不像器具那样（只有某一方面的用途）。"

孔子认为，不断温习所学过的知识，就可以获得新知识。这一学习方法不仅在封建时代有其价值，在今天也有不可否认的适用性。人们的新知识、新学问往往都是在过去所学知识的基础上发展而来的。因此，温故而知新是一个十分可行的学习方法。

【故事】

吴王阖闾称雄一时

公元前515年,因王位继承问题,阖闾以宴请吴王僚为名,派勇士专诸将剑藏在鱼腹中,趁上菜之机刺杀了吴王僚。这就是历史上著名的"专诸刺王僚"故事。刺杀吴王僚后,阖闾夺得吴国王位,史称"吴王阖闾"。

这时的吴国虽已强大起来,但仍有不少困难,譬如:常受江河海水的侵害,军事防御设施尚不完备,

国家和人民的安全没有保障；国家粮仓还没有建立，荒地也没有充分开垦；西边的楚国已成为雄踞中南的泱泱大国，南边的越国也具有很强的实力，对吴国构成很大威胁。

在这种严峻的形势下，具有政治胆识的阖闾大力搜罗人才，任贤使能，采纳良策，听取民声。他任用了楚国旧臣伍子胥，听取其振兴吴国的建议。并召伍子胥为行人，以伯嚭为大夫，共谋国事。

经伍子胥推荐，阖闾亲自召见军事家孙武，孙武献出了自己的军事著作兵法13篇。当时正是吴国振兴霸业之机，阖闾读了很感兴趣，封孙为将军。

阖闾让伍子胥主持修建的阖闾大城，就是今天的苏州古城，他还设置守备，积聚粮食，充实兵库，为称霸诸侯做准备。

经过几年的努力，吴国不断发展壮大，百姓丰衣足食，乐于为国家而献身。

这个时候，吴国具有了强大的经济实力，阖闾开始把重点转向军事上的发展。他教导吴国的士兵和将领加强训练，以适应与中原诸侯国作战的需要。

阖闾还重用军事家孙武,提高战术素养。加紧制作锋利的宝剑,以供战争之用。一切准备就绪,阖闾首先把矛头指向了西边强大的楚国。

公元前506年,吴王阖闾率军伐楚,在"柏举之战"中大败楚军,主帅令尹子常狼狈逃窜。楚军失去主帅,惨败溃逃。

此后,吴军又连续5次击败楚军,仅10天即进入楚国国都郢,创造了春秋时期攻占大国都城的先例。楚昭王惊慌出逃,后在秦国的帮助下才重返国都。

"柏举之战"是春秋末期一次规模宏大、影响深远的大战,史学家范文澜称它为"东周时期第一个大战争。"史学家吕思勉称它为"我国历史上以少胜多对比最悬殊的战役。"

吴国战胜强大的敌人楚国后,给楚国以巨大的创伤,使吴国声威大振,为吴国进一步争霸中原奠定了坚实的基础。

公元前507年,阖闾亲自率领大军,迎战前来进攻的越国军队,大败越军。

 论 语

公元前 504 年，阖闾率军再次伐楚，迫使楚国迁都于鄀。从此，吴国威震中华。

公元前 496 年，阖闾兴师伐越国，两军在今浙江省嘉兴南交战，史称"槜李之战"。

在战斗中，越大夫灵姑浮挥戈击中阖闾，斩落他的脚趾。阖闾身受重伤，在败退途中，死在陉地，距槜李仅 3.5 千米。后葬苏州虎丘山。

当时，吴国的实力远超过了越国，但在"槜李之战"中越国却战胜了吴国，这就教育了吴国的执政者，要争霸中原，必先灭掉越国，以扫除后顾之忧。

大概正是由于这个原因，所以阖闾在临死前嘱咐自己的儿子，绝不能忘记这一深仇大恨。他只好把辉煌留给了他的后人。

吕不韦巨富不忘大义

秦王朝结束了自春秋起 500 年来诸侯分裂割据的局面，成为历史上第一个以汉族为主体、多民族共融

的统一的中央集权制国家。这一伟大的历史性功绩，是和吕不韦的举分不开的。

吕不韦是战国末期卫国著名商人，后来成为秦国丞相，为秦的统一事业作出了贡献，也在一定程度上反映出这一时期人们对义与利的态度。

吕不韦出生在一个商人家庭，但在父辈以前都是做的小本生意的，等到自己当了掌柜，他不顾众人反对，决心涉足于盐铁等暴利行业。吕不韦精于商道，第一次出马便大显身手，在齐国都城临淄换币时与皇族亲属田单相识。田单当时任齐都临淄的市掾，就是管理市场的小官。

吕不韦爱结交，重大义，田单对他大为欣赏，一番畅谈之后，两人结为至交。吕不韦视对方为师，田单则将一部分家族事业交给吕不韦操持。

后来，齐、燕两国开战，齐国遭遇灭国之难，幸有田单在死撑。死撑的关键是物质的援助，而此时的吕不韦倾其所有，在海上为齐国开辟了一道生命线。

过了数年，齐国复国，吕不韦受到田单庇护，事业更是顺风顺水，一时间，已是中原大地上数一数二的巨商了。这时的吕不韦，开始树立了"欲以并天下"的志向，并以此驾驭着自己的事业。

在当时，秦国是个强国，秦昭王在位，太子是安国君。安国君有20多个儿子，都可能成为第三代继承人。在安国君的20多个儿子中，有一个儿子叫子楚，他作为秦国的质子去赵国。秦、赵两国常打仗，子楚的地位、处境都不好。

吕不韦到赵国都城做生意时，见到了子楚，很同情他的遭遇，同时也想到可以在子楚身上投资，他日可得大利。于是，吕不韦和子楚说："我决定拿出一笔钱来，助您成为继承人，将来成为秦国的君主。"

子楚高兴地说："你的计策真的成功了，我将与你分享秦国。"

吕不韦知道，安国君最喜欢华阳夫人，就教子楚一步步取得华阳夫人的欢心。华阳夫人自己没有生儿子，也需要将来有一个听话的儿子辈，于是华阳夫人在安国君面前极力说"子楚贤",安国君就立子楚为继承人。

秦昭王去世,安国君为王,但一年就去世了。太子子楚立,就是庄襄王。

庄襄王以吕不韦为丞相,封为文信侯。3年后,庄襄王去世,接着是其子秦王政即位,这就是后来的秦始皇。吕不韦的地位依然很高,已经是亦商亦政了。

吕不韦曾经说过:"谋国之利,万世不竭。"果然如其所愿。这可以说是古代历史上最大的一笔生意。但不可否认的是,吕不韦从大局着眼,帮助子楚登上王位,稳定了秦王室,无疑也对后来的天下统一起到了关键性作用。

吕不韦曾经说:"天下非一人之天下,乃天下人之天下也。"意思是说,天下不是一个人的天下,是天下人的天下。他认为,天下既然天下人的天下,作为天下人,就不能以一己之私,肆意妄为,而应该以天下为大义。

早在昭襄王刚去世,秦国大旱,民不聊生。六国

巨商联手大乱秦市，囤积居奇，投机倒把，不谙商战的秦国官市被连连挫败。形势万分危急，吕不韦大义当先，为秦国大战六国巨商，不仅不取秦国国府一分一毫，还举自家财货垫进了这个无底洞。

吕不韦以一家之力对抗六国巨商，压力巨大。山穷水尽时候，巴国巨商富户巴寡妇清施以援手，后来物价平抑，吕不韦才渡过了难关。

说到吕不韦的义事，不得不提鱼鹰游侠护商马队。这个护商马队最初只有一个人名叫荆云，这名壮士为了回报吕不韦的恩情，发展了100多名壮士入伙。本来，吕不韦为了完成子楚回国的秘密计划，已经将这群壮士遣散，但在迎接子楚回国最危难的时刻，他们出现了。

这些商旅护卫为了吕不韦和子楚安然脱赵，以百人之数敌几千赵国精锐，最后全部战死，致使以养士骄人的赵国政治家平原君至为惊叹。更令人赞叹的是，这些人虽被吕不韦遣散，却不惜争相毁容，生死追随，最后牺牲殆尽。

吕不韦得知荆云等人去世后，好不心痛，在壮士

 论 语

坟前惨然作歌：

> 烈士死难兮，我心沦丧，
> 长歌当哭兮，大义何殇！

说罢一头撞向墓碑。此后，长达半年，他变得苍老不已，而且心智恍惚，心中没有一丝生气。吕不韦在身心俱疲之际，高呼"大义何殇"，其心底的亮色仍是大义为重。

吕不韦生平所交往的各色士子不计其数，而终其一生，鲜有疏离反目者。他虽然出身商旅，却坚信"义为百事之本，大义所至，金石为开"。

吕不韦的门客义士有360多名，他后来因嫪毐事件失势，门客们离别之时，感慨唏嘘不能自已，参与《吕氏春秋》主纂的30多个门客更是大放悲声，每个门客都对吕不韦肃然一躬辞行，举步回头间都是趔趄一句："吕公若有不测，我闻讯必至！"

因为待人待客爱挥洒金钱，爱结交豪杰，更能放眼天下，着眼于国家大义，吕不韦怎能不得人心？怎

能做不成天下第一的大买卖？怎能不成就其三朝元老的大功业？

显而易见，吕不韦眼中的义与利的关系，不是"熊掌与鱼"的关系，而是"熊与熊掌"的关系，即没有熊，就没有熊掌，也就是说，只有大义壮实，熊掌才能肥厚。他在经商和从政生涯中，无事不以大义为本，因而才能获利。吕不韦的一生虽然曾受病垢，但他的大义之举仍为世人所称道。

巴寡妇清仗义援国

秦代初年的巴寡妇清，也在义利问题上表现得非同凡响，成为被后世赞誉的女中豪杰。

巴寡妇清，秦代长寿属巴国的枳县人，是古代历史上第一个女实业家。清，本是她的名，因她早年丧夫成为寡妇，出生巴郡，故称"巴寡妇清"。

巴寡妇清出身寒微，少年时跟父亲学习诗书，因为相貌与气质出众,嫁给了当地一位青年企业家。巴寡妇清的祖辈一代,在家乡枳县发现了丹砂矿,并将丹砂冶炼提取水银销售。丹砂即后来所称的朱砂。经过几代人的辛勤经营,积累了不少财富。

至巴寡妇清这一代,她经历了很多磨难。事业有成的丈夫英年早逝,面对地方封建势力的世俗偏见和族人的觊觎、侵犯,她毅然维护、继承了采砂炼丹的祖传实业,这就是当时勃勃兴起的开汞炼丹业,同时她还决定,从此不再嫁人。

巴寡妇清无论寒冬酷暑,她钻丹穴,进高炉,架锅添柴,事事亲为,多方讨教,很快掌握了朱砂冶炼提取水银的"核心技术",还大大提高了生产效率。

这位常年耕耘在深山坳的单身女人,有胆有识,精明能干,经营有方,凭借出色的炼丹技术和过人的商业头脑,冲破大山与

峡谷的阻碍,一手推动家族企业成为垄断全国丹砂水银行业的"商业帝国",以至于积累的财富不可数计,终于成为富甲一方的巨商。

巴寡妇清的家势十分了得,据记载她家仆人上千、工人及士兵多达上万人,而当时她所在的枳县的总人口才不过四五万人。她的私人武装保护一方平安,并被作为成功民营企业家受到越来越多的人尊崇。被乡人奉为"活神仙"。

秦始皇统一六国后,收尽民间所有的兵器,甚至于是铁器,又怎么会让一个民间女子自己家里组建一支上千上万人的武装队伍?这与寡妇清经营的丹砂有很大关系。

在历史上,丹砂历来与卜筮、仙丹、皇权和剧毒联系在一起。早在商、周之际,巫巴山地诸巫就已经掌握并开始施用"不死之药"丹砂了。丹砂很早就在我国出现,当时主要用于医药和建筑。商代时,巴寡妇清的先辈已懂得利用汞的化合物来医治癫疾或做镇静类的药物。当时只是将丹砂碾成粉状,纯属一种原始的利用。

后来丹砂的用途得到进一步推广：美容、食用养生、防腐、做颜料等，而这些用处大多为当时的帝王将相所需求。从西周时期至秦始皇统一全国，服食金丹一直是各国帝王渴求长生不老之方。

至秦代，秦始皇更是渴求长生不老，于是要人用丹砂炼长生不老之丹；帝王将相之墓需要用丹砂进行防腐；当时各国崇尚赤色，历代帝王的宫殿、台阶均为赤色，称为"丹墀"，也需要大量的丹砂。

巴寡妇清身处大山，却放眼天下，她看准秦始皇统一天下后寻求长生不老之药，炼丹原材料的丹砂将供不应求的商机，果断增大产量，打通水陆两条运输线，在咸阳、长安、中原地区广设经销网点。

当时的巴国是全国最大的丹砂供应地，巴寡妇清是先秦时期最大的丹砂业主。很多从业多年的师傅刮目相看："这个娇柔女子能成大事！"

巴寡妇清为富能仁，除了全力以赴搞好劳工福利待遇，积极扶贫济困，维护乡里外，还在大秦的统一过程中作出了难以估量的贡献。

那是在秦国统一天下之前，关中地区曾经连续两

年发生大旱。河道干涸,蝗虫大起,夏秋颗粒无收,庶民囤粮十室九空。这时,六国巨商乘机联手,大乱秦国市场,秦官市被连连挫败,致使秦国物价飞涨。当时虽有一方巨富吕不韦举私财垫付国库,但以一人之力大战六国巨商,压力之大,可想而知。

就在吕不韦决意冒险开启关中两座谷仓之时,巴寡妇清派水手班头带领船队,装满稻谷,发至潼关渡口,在转交的竹简上说:"现以平价卖粮于秦,三年之后,再收粮金。"

由于巴寡妇清在秦国危急关头施以援手,使秦国平抑了物价,渡过了难关。

后来,秦王嬴政扫平六国,统一天下,建立了我国历史上第一个集权专制的封建王朝。为了防御外敌,巩固政权,秦始皇决定增强边疆防卫,便下令全国州郡派款抽丁,修筑万里长城。

巴寡妇清平时便以财助困,广做善事。得到秦始皇派款抽丁筑长城的诏令后,她认为保家卫国,人人有责。于是,便捐出银钱1万余两,给朝廷修筑长城。

巴寡妇清的几次慷慨相助，让秦始皇为她的疏财捐资的义举和图强兴业的节操所感动，立即降旨，册封巴寡妇清为"贞妇"。

秦皇统在治理国家方面大兴改革的同时，却没有忘记给自己修建秦始皇陵。而修建皇陵地宫需要无法估算的水银。消息传来，巴寡妇清快速投身进去，抢得先机，最终因质优价廉，一举成为垄断该行业的国家供应商。

秦始皇陵以水银为百川江河大海，机相灌输。据后来的考古研究勘查推论，陵墓地宫里的水银保守估计至少有100吨。

后来，秦始皇念巴寡妇清在乡下孤寡无后，便下诏请她住进皇宫，给以公卿诸侯的高级礼遇。从此，巴寡妇清的事迹"名显天下"。然而，这位有感皇恩浩荡的女实业家，到咸阳后不久就卧病不起，几经御医治疗无效，最终客死京城。

秦始皇遵照她的生前遗愿，将她的遗体护送回家乡，葬于巴郡枳县青台山。并下令为她修筑怀清台，寄托自己无限的哀思，表达对清的怀念和敬意。

 论语

从此,青台山便更名为"贞女山"。山上修筑的山寨,因秦始皇称"祖龙"而名"龙山寨"。巴寡妇清所葬的墓穴,称"寡妇坟",又称"神仙洞。

对于巴寡妇清的义举和遗迹,后代多有记述。汉代史学家司马迁在《史记·货殖列传》、晋代《华阳国志·巴志》、唐代《括地志》和《一统志》、《地舆志》、《州府志》、《舆地纪胜》,以及历代修编的《长寿县志》,对巴寡妇清的生平事迹均有记载。

历代名人、学士也来贞女山龙山寨怀清台,凭吊她的高风懿德,考察她的仙踪遗迹。清代学者任应沅和明代诗人金俊明,都对龙山寨、怀清台,进行了具体描绘。

明末诗人金俊明有诗道:"丹穴传赀世莫争,用财卫国能守贞。龙祖势力倾天下,犹筑高台怀妇清。"

巴寡妇清的事迹,被载入史册,千古传颂,成为后人心目中膜拜敬仰的女中豪杰。

司马迁大义退玉璧

司马迁是西汉时期史学家,曾在西汉武帝时任太史令。他对义与利的认识,基于对先贤思想的批判继承和创新。他一方面批判地继承了前代儒家思想中合理可取的方面;另一方面又唯物求实地扬弃了空疏而不合理的方面,构建起自己崭新的、独具远见的义利理论,从而极大地丰富了汉代初期治国思想。

司马迁说:"礼生于有而废于无。"意思是说,礼生于富有而废弃于贫困。这类似于管仲所说的"仓廪实而知礼节,衣食足而知荣辱",都是说经济基础对上层建筑的重要作用。他认为利是义的物质基础;求富有正道,"奸

富"不可取，认为义对利有制约作用。

作为世界文化巨人和我国传统文化的杰出代表，司马迁奇妙和恰到好处地将"义"与"利"结合起来，既鼓励人们逐利、求富，又反对为富不仁、为富不义，认为人们争利应当采取正当手段，也就是要符合"义"。在他看来，"义"与"利"是对等的，是统一的。这是司马迁的独特贡献。

司马迁把义利并重、义利相宜的义利观，融于自己的著作与思想体系之中，达到前人和后人均未能达到的高度。与此同时，司马迁在人格境界的提高方面，在日常社会生活中，也是一个大义为先，廉洁自律的人。

有一天，司马迁正在书居中翻阅史书，忽然家仆来说门外有客人求见。他放下手中的书，示意有请。

不一会，一位家仆打扮的人走进屋来，只见那人从怀中取出一封信和一个精致的小盒子递给司马迁。司马迁打开信一看，原来是大将军李广利写来的。

这时，司马迁的夫人和女儿妹娟走了进来。妹娟好奇地打开那个小盒子。只见里面放着一块晶莹剔透、光彩夺目的玉璧，不禁脱口赞道："真好看！这真是稀世之宝啊！"

司马迁闻声，也不由自主地接过玉璧，翻来覆去地玩赏着。口里也赞叹道："是啊，如此圆润，这般光洁，真可谓白璧无瑕啊！"

站在一旁的司马夫人见此情景，开口问道："莫非大人想要收下此玉？"

司马迁笑笑说："便是收下又能怎样？而今送礼受贿已成风气，朝廷内外，举国上下，两袖清风者又有几个？"

夫人听罢，愤然地说："送礼受贿，投机钻营，历来为小人所为，大人对此一贯深恶痛绝，今日不知为何自食其言。不错，收下此礼也许不会有人追究，但只怕是要玷辱了大人的人格！"

司马迁一听，"扑哧"一笑，说："夫人所言正是。我只是故意考验你，你竟当真了。"

接着，他又转过身来，语重心长地对女儿说："此玉之所以美，就是因为它没有斑点、污痕，人也如此。我是一个平庸之辈，从不敢以白璧来比喻自

己，但如果收下这份礼物，心灵上就会沾染上污痕。"

说着，司马迁把玉璧装回盒中交给家仆，随即又挥笔给李广利写了一封回信，表达了他的谢绝之意。

玉璧是非常珍贵的东西，不但有观赏价值、收藏价值，而且可以增值，况且被人送来可谓赠品。可是，司马迁却坚决拒绝，为什么呢？因为司马迁有真正的人生见识，不是自己劳动所得坚决不要。

司马迁如果平白无故地接受了别人送给他的白璧，那么就等于欠别人一个人情，今后那个人就会以送过白璧为由，请司马迁为他做一些事情；而司马迁可能会看在收过白璧的分上，做出一些对送白璧人有利的事。这样一来，司马迁犯错误，使他自己心灵的这块白璧增加斑点与污点，因而丧失人格。

白璧的可贵，就在于没有斑痕、污点，无瑕的白璧才有价值。由此可见看出，司马迁的廉洁与自爱。对于财富之利，司马迁曾经在《货殖列传》写道：

> 天下熙熙，皆为利来；天下壤壤，皆为利往。

大意是说，普天之下，芸芸众生为了各自的利益而劳累奔波，乐此不疲。这句话反映出司马迁受到先秦乃至秦汉时期"农本"思想的影响，但并未含轻商、贱商之意。表明司马迁已朦胧地意识到了物质利益规律是人类社会正常运行的第一驱动力，反映了其财富观的唯物主义倾向。

对于凭不义之财而富且贵的所为，司马迁在《货殖列传》中给它一个名字：奸富。他说："本富为上，末富次之，奸富为下。"那时是农耕社会，本富是依靠农、牧、林、果、渔业的生产收入而致富；末富是指经营工商业、高利贷而致富；奸富是指违法犯禁而致富。

司马迁同时指出："求富有正道，奸富不可取。"对作奸犯科、杀人越货、贪赃枉法、掘冢盗铸伪币、赌博斗驱等非法手段得来的财富，这是不可取的不义之财，司马迁持明显的否定态度。

人对于不义之财的态度关系到一个人的前途和命运，富贵不能强求，富与贵如浮云一般，强求了必然有祸患。在这一点上，司马迁的做法以及他的观点和

 论 语

著述实践,反映了儒家义德教化的传统,为世人树立了榜样。

富贵贫寒不以貌论

李撰是宋代人,字子约。曾布是著名文学家曾巩的弟弟。他在河北正定任职时,李撰担任了那里的一个小官,家中一向贫寒,生活俭朴。

一次,曾布的夫人邀请李撰的母亲和妻子去他家做客。当时有个姓宋的武官,担任点狱官,他的妻子也带孩子参加了宴会。宋武官的妻子赴宴时服饰华贵,身上披珠挂翠,耀人眼目。李撰的母亲和妻子穿的是旧衣服,没有多加装饰。

赴宴时两家都带来了孩子。宋武官的孩子打扮得很漂亮,衣服也光彩华丽。李撰的孩子好像有些笨拙,然而却善于诵读诗书。来参加宴会的许多人都称赞宋武官的孩子,讥笑李撰的孩子。

后来曾夫人笑着对大家说："李先生目前虽然贫寒，但他的孩子个个都是优秀的人才，将来前途不可估量。宋武官的孩子，虽然穿戴整齐华丽，我看将来也只能是为人跑腿的材料罢了。"

后来，李撰的五个儿子，其中三人做到侍从的官职，两人为郎官。宋武官的儿子，仅仅做了个小小武官。果真像曾夫人所预言的。

我国数学史上的牛顿刘徽

刘徽出身平民，终生未仕。他在童年时代学习数学时，是以《九章算术》为主要读本的，成年后又对该书深入研究。在长期研习过程中，他发现《九章算术》奥妙无穷，但同时也发现了其中存在的问题。

在当时，刘徽所面对的，是一分堪称丰厚而又有严重缺陷的数学遗产。

其基本情况是：《九章算术》约成书于东汉之初，

没有具体的作者，当时的研究者主要有张苍、耿寿昌。此书共有246个问题的解法，在许多方面如解联立方程，分数四则运算，正负数运算，几何图形的体积面积计算等，都属于世界先进之列。

但《九章算术》只有术文、例题和答案，没有任何证明。张苍、耿寿昌之后的许多数学家们，尽管在论证《九章算术》公式的正确性上作了努力，但这些方法多属归纳论证，对《九章算术》大多难度较大的算法尚未给出严格证明，它的某些错误没有被指出。也就是说，刘徽之前的数学水平没有在《九章算术》的基础上推进多少，这给刘徽留下了驰骋的天地。

于是，刘徽经过深入研究后，在263年写成《九章算术注》，对上述存在的问题均作了补充证明。《九章算术注》的第十卷题为《重差》，即后来的《海岛算经》，内容是测量目标物的高和远的计算方法。

《九章算术注》的完成，是刘徽数学研究过程中里程碑式的成就，也使他登上了数学舞台。

刘徽在证明过程中，显示了他的创造性贡献。他建立了我国古代数学体系，并奠定了它的理论基础。

这个数学体系包括以下几个方面:

一是用数的同类与异类阐述通分、约分、四则运算,以及繁分数化简等的运算法则。在开方术的注释中,他从开方不尽的意义出发,论述了无理方根的存在,并引进了新数,创造了用十进分数无限逼近无理根的方法。

二是在筹算理论上,先给率以比较明确的定义,又以遍乘、通约、齐同3种基本运算为基础,建立了数与式运算的统一的理论基础。他还用"率"来定义我国古代数学中的"方程",即现代数学中线性方程组的增广矩阵。

三是逐一论证了有关勾股定理与解勾股形的计算原理,建立了相似勾股形理论,发展了勾股测量术,通过对"勾中容横"与"股中容直"之类的典型图形的论析,形成了我国特色的相似理论。

四是在面积与体积理论方面,他用出入相补、以

论 语

盈补虚的原理及"割圆术"的极限方法提出了刘徽原理,并解决了多种几何形、几何体的面积、体积计算问题。这些方面的理论价值至今仍闪烁着光辉。

刘徽除了建立我国古代数学体系,还提出了有代表性的创见。主要有以下几项:

一是在几何方面提出了"割圆术",即将圆周用内接或外切正多边形穷竭的一种求圆面积和圆周长的方法。他利用割圆术科学地求出了圆周率 $\pi = 3.1416$ 的结果。他提出的计算圆周率的科学方法,奠定了此后千余年来我国圆周率计算在世界上的领先地位。

他还利用割圆术,从直径为 2 尺的圆内接正六边形开始割圆,依次得正 12 边形、正 24 边形等,割得越细,正多边形面积和圆面积之差越小,他计算了 3072 边形面积并验证了这个值。

二是在《九章算术·阳马术》注解中,在用无限分割的方法解决锥体体积时,提出关于多面体体积计算的刘徽原理,具有深刻的影响。

三是创见"牟合方盖"说。"牟合方盖"是指正方体的两个轴互相垂直的内切圆柱体的相交部分。在

《九章算术·开立圆术》注中，他指出了原来的球体积公式的不精确性，与此同时，引入了"牟合方盖"这一著名的几何模型。

四是在《九章算术方程术》注中，他提出了解线性方程组的新方法，运用了比率算法的思想。

刘徽还在《海岛算经》中，提出了重差术，采用了重表、连索和累矩等测高测远方法。

他运用"类推衍化"的方法，使重差术由两次测望，发展为"三望"、"四望"。而印度在7世纪，欧洲在15世纪至16世纪才开始研究两次测望的问题。

事实上，整个《九章算术注》在数学命题的论证上，主要使用了演绎推理，即三段论、关系推理、连锁推理、假设推理、选言推理以及二难推理等演绎推理形式。刘徽《九章算术注》不仅有概念，有命题，而且有联结这些概念和命题的逻辑推理。这就标志着我国古代数学形成了自己的理论体系。

刘徽的数学体系及其创见，不仅对我国古代数学发展产生了深远影响，而且在世界数学史上也确立了崇高的历史地位。鉴于刘徽的巨大贡献，不少书上把

他称作"中国数学史上的牛顿"。

先行其言而后从

子贡问君子。子曰:"先行其言,而后从之。"子曰:"君子周①而不比,小人②比③而不周。"

子曰:"学而不思则罔④,思而不学则殆⑤。"子曰:"攻⑥乎异端⑦,斯⑧害也已⑨。"

【注释】

①周:合群。

②小人:没有道德修养的凡人。

③比:勾结。

④罔:迷惑、糊涂。

⑤殆:疑惑;危险。

⑥攻:攻击。

⑦异端:不正确的言论。

⑧斯：代词，这。

⑨也已：这里用作语气词。

【解释】

子贡问怎样做一个君子。孔子说："对于你要说的话，先实行了，再说出来，这就算是一个君子了。"

孔子说："君子合群而不与人勾结，小人与人勾结而不合群。"

孔子说："只读书学习而不思考问题，就会迷惑而没有收获；只空想而不读书学习，就有疑惑而不能解决。"

孔子说："攻击那些不同的意见，那是有害的。"

【故事】

越王勾践卧薪尝胆

战国时代，吴国和越国是两个大国。吴王夫差为了霸主的地位，加紧训练士兵，准备打败越国。此时的越王勾践并没有意识到吴国的强大。勾践的大臣范蠡经常提醒他要小心吴国，但勾践为吴国的实力远不如自己，就没把范蠡的话放在心上。

果如范蠡所料，夫差终于出兵了。夫椒一战，勾践惨败，被迫退守会稽山。最后求和不成，只好听命于夫差，到吴国去做奴仆。

范蠡担心勾践在吴国有杀身之祸，就陪同勾践一同前往吴国，去从事养马驾车等贱役。

有一天，吴王夫差登姑苏台游嬉，远见勾践君臣端坐在马粪堆边歇息，范蠡恭敬地守候在一旁。

夫差说："勾践不过小国之君，范蠡无非一介之士，身处危厄之地，不失君臣之礼，也觉可敬可怜。"从此，夫差便有了释放勾践回

国的意思。

有一次，夫差生病了。范蠡知是寻常疾病，不久即愈，便与勾践商定一计，让勾践去尝粪预测疾病，讨吴王夫差的欢心。勾践对夫差竭力奉承，夫差很是欢喜，不久身体果然复原。于是，夫差作出释放勾践君臣回国的决定。

勾践回到越国后，立志报仇雪耻。他唯恐眼前的安逸消磨了志气，就在吃饭的地方挂上一个苦胆。每逢吃饭的时候，先尝一尝苦味，还自问："你忘了会稽的耻辱吗？"

他还把席子撤去，用柴草当作褥子。这就是后来人们传诵的"卧薪尝胆"。

勾践下决心要使越国富强起来，他叫文种管理国家大事，叫范蠡训练人马。他还根据连年征战，人口稀少的具体条件，制订了一系列奖励生育的政策。全国的老百姓都巴不得多加一把劲，好叫这个受欺压的国家赶快富强起来。

勾践整顿内政，努力生产，使人丁兴旺，国力渐渐强盛起来。在这种情况下，他就和范蠡、文种两个

大臣商议怎样讨伐吴国的策略。

勾践向夫差施用美人计,消磨夫差精力,使他不问政事,以加速吴国的灭亡。

他派人专门物色最美女子,把越国美女西施、郑旦献给夫差,让她们天天陪夫差喝酒、跳舞。夫差在美色的迷惑下,果然迷恋其中。

勾践还收购吴国粮食,使粮库空虚。有一回,勾践派文种去跟吴王说:"越国收成不好,闹饥荒,向吴国借1万石粮,明年归还。"

夫差在心爱女人西施的劝说下,一口答应了。

第二年,越国的农业丰收。文种把1万石粮食亲自送还吴国。夫差就把这1万石卖给了老百姓作为种子。伯嚭把这些粮食分给农民,命令大家去种。

到了春天,种子种下去了10多天,还没有抽芽。没想到,又过了几天,那撒下去的种子全都烂了,他们想再撒自己的种子,已经误了农时。

这一年,吴国闹了大饥荒,吴国的百姓全恨夫差。他们哪里想到,这是文种的计策。当初还给吴国的那1万石粮，原来是经过蒸熟又晒干了的粮食。

此外，勾践还给夫差赠送木料，帮助夫差兴建宫殿，实际上是在耗费吴国人力物力。

公元前473年，越王勾践做好了充分准备，大规模地进攻吴国。吴国接连打了败仗，丧失了大部分领土，只剩下姑苏一座孤城了。姑苏城很快被勾践攻破，太子友也被杀了。

夫差派大臣跪在勾践的军前，请求议和。范蠡笑着说："当年我的大王被你打败，你没有攻占越国，才会有今天的下场，今天轮到你了，我们怎么会议和呢？"

夫差听了以后，觉得无颜面见伍子胥，就拔剑自杀了。

勾践得胜回国，开了个庆功大会，大赏功臣。不过此时，春秋行将结束，霸政趋于尾声，勾践已是春秋最后的一个霸主了。

 论 语

公孙闲巧言祸国

战国时期,成侯邹忌是齐国的相国,田忌是齐国的大将,两人感情不和,长期互相猜忌。

一天,公孙闲给邹忌献计说:"阁下何不策动大王,令田忌率兵伐魏。打了胜仗,那是您谋划得好;一旦战败,田忌不死在战场,也会死在军法之下。"

邹忌认为他说得有理,于是劝说齐威王派田忌讨伐魏国。谁料田忌三战皆胜,邹忌赶紧找公孙闲商量对策。

公孙闲想出对策,派人带着10斤黄金招摇过市,找人占卜,自我介绍道:"我是田忌将军的臣属,如今将军三战三胜,名震天下,现在欲图大事,麻烦你占卜一下,看看吉凶如何?"

卜卦的人刚走,公孙闲就派人逮捕占卜的人,在齐王面前验证这番话。田忌闻言非常害怕,只好出走

避祸。

齐国自从田忌出走后,屡打败仗,直到最后被秦国兼并。

荀子坚信人定胜天

荀子是战国后期的著名思想家,也是儒家重要代表人物之一。在古代思想家中,荀子是主张"人定胜天"的杰出代表。他也以自己的方式,体现了自强不息的民族精神。

荀子从小就非常聪明,10岁已有神童美誉,学问很好。长大后曾北游燕国,但是很可惜,没被燕王赏识。到他50岁时,由于齐襄王招纳贤士,许多学者都前往齐国讲学,加上

齐国以藏书丰富出名，所以荀子也被吸引前往齐国。

荀子在齐国待了几年，很受齐王尊敬，被封为"列大夫"，当了齐国的顾问。因为他年纪比较大，学问又好，因此他在53岁至七八十岁间，曾三度被众人推选为"祭酒"，就是飨宴时酹酒祭神的长者。

齐国当时有些气量狭小的人不免眼红，到处说荀子的坏话。齐王听信谗言后，渐渐和荀子疏远。荀子决定离开齐国。

这时，荀子已是81岁的老翁了，心情沉重万分。听说楚国的春申君爱好贤士，决定到楚国去。春申君仰慕荀子美名，决定请他担任"兰陵令"。没想到运气坏得很，有个人向春申君进谗言，春申君考虑之后，终于辞退荀子。

荀子经过秦国，拜见了秦昭王。此时秦昭王正和范雎设计攻伐天下的"远交近攻"阴谋，对荀子讲的大道理提不起一点儿兴趣，荀子只好回到赵国。荀子走后春申君很后悔，派人到赵国四请荀子，并且再三赔不是，最后拗不过春申君的好意，荀子又回到楚国当兰陵令。

后来春申君去世了，荀子也98岁了，就辞了官，写了 32 篇文章，这就是传留后世的儒家名著《荀子》。

荀子的著作逻辑非常严密和严谨，充满科学精神，表明他是一个具有科学精神的人。他的科学观点是：自然界有自然界的规律，人类社会有人类社会的规律。所以不要用天象说人事。

荀子在《荀子·天论》中说道：

天行有常，不以尧存，不以桀亡。

大意是说，自然界有自己的规律，不因为现在执政的是尧舜这样圣明的君主，自然界就可以怎么风调雨顺了。也不会因为现在执政的是夏桀、商纣王这样的昏君，就地震了，发洪水了。

从这种观点出发，荀子批评了当时人们对天的各种迷信。他认为："天不下雨就去求雨，跳着求雨的舞蹈。月亮出现了月食，大家就拿着个脸盆出来敲，说天狗吃月亮，让天狗吐出来，敲不敲都吐出来。但这种仪式只是表达心愿，不可当真。自然界是有自己的规律，它是按照自己的规律，在那儿运动的。"

荀子把"天"直接解释为自然现象,提出自然界的生产发展是天地阴阳变化的结果,这种变化没有意志、没有目的。

"天职"就是自然界自身的职能。人们看不见自然界在工作,但能看见自然界在变化,看见植物的生长,动物的生育。这是什么呢?是自然界本身具有的生机或功能。所以,在荀子这里,天就失去了它的神秘主义的色彩了。

由此,荀子指出,社会的治乱兴亡,个人的贫穷与富贵,也与天无关。荀子把人类自己的力量提升到了前所未有的高度,而人类这种力量与气概,他又把它提到了能与天地参的高度:"天有其时,地有其财,人有其治,夫是之谓能参。"

这种与天地参的气概,又是人区别于众多物种之所在。如果说孟子在我国古代思想史上最先树立了伟大的个体人格观念,那么,荀子便在我国古代思想史上最先树立了伟大的人类族类的整体气概。

荀子突出了人的主宰万物而与天地并立,无需任何神意干预的奋斗理想。这种理想不同于孟子先验的内在的道德修养,而是区别人禽族类的外在的社会规范,也不是个体自发的善良本性,而是对个体具有强制性的群体要求。所以,人世的治乱,由人类来解决。

那么,人类又如何做到"制天命"达到与"天地参"呢?那就是学习,要学习礼义。荀子从人性"恶"的观点出发,强调必须用"礼"来约束、规范、节度人的自然欲求。

荀子说,人性都是天生而成的,无论贤愚,或不肖之人,其本性都一样,礼义道德等社会规范,不是与生俱来的,而是受了教育以后才会有的,圣人也是学习而来的。荀子仍像孔子那样突出"礼",但是他更突出人的自觉实践,这才是与天地参的基础。

在荀子这里还学习到包括接触自然界、正确认识自然界的功用,使其为人类服务。他认为不能指望天,不能指望自然界,只能指望自己。只能靠自己,而且要自强,按照科学的规律来办事情。

荀子认为,人们从自然界能得到气象的报告,知道什么时候会下雨,什么时候会出旱灾,因此人们可以选择一个最合适的时候去播种,去收获。还可以从土地那里知道,什么样的土壤适合种什么样的庄稼。

也就是说，人们可以去认识自然，掌握自然规律，顺应自然规律来发展自己的经济，发展自己的生产。这是一种朴素的科学发展观。而且由这种科学发展观，他得出了人应该自强不息的结论。

这不但把孔子"工欲善其事，必先利其器"的经验之谈，提到极为重要的理论高度，而且它也成为荀子整个理论的脊梁骨架。

荀子提出"天人之分"，是为了突出人的实践精神，但并不排斥而是包含着对天与人事如何相适应，相符合的重视和了解，仍然有着"天人合一"的思想。

荀子"人定胜天"思想的提出，与当时的社会背景有着直接的关系。当时社会生产力和科学水平有了提高，人类征服大自然的能力也大大提高了。新兴地主阶级关心生产并充满着改造自然改造旧的社会制度的信心。荀子的思想就是这一时代特点的体现。客观上，他对后世也产生了深远的影响。

荀子刚健奋斗的精神，赋予了"天行健，君子以自强不息"以人的品德色彩，创造性地建构了一个完整的世界观，成为整个儒家最基本和最高的哲学典籍。

荀子刚健奋斗的精神对后世的理想人格的构成有深刻影响。他在强调利用外物的同时,更强调人自身的实践。在他这里的实践则是一种自强不息、锲而不舍的奋斗精神。这种勤劳坚韧、孜孜不倦、愚公移山式的实践行动精神,正是中华民族的优良品德。

荀子提出"人定胜天"的思想,他的这一思想被誉为"辉煌千古的一段名论"。荀子的这一点,则是发展了孔子仁学的实用性,在我国古代哲学史上和我国古代文化心理结构的形成上具有不可低估的作用。

墨子行侠甘洒热血

自强不息精神不仅在儒家一派得到充分肯定和运用,在墨家这里同样被发扬光大。墨家的创始人是墨子,叫墨翟,他以自己的方式,践行了儒家的自强不息精神。

如果说孔子以仁、智、勇"三达德"为核心教育

弟子勇毅力行，孟子"善养吾浩然之气"，那么，墨子留给人们的，就是他勇毅力行，行侠仗义，为了苍生甘愿抛洒一腔热血的献身精神。

在孟子生活的春秋末战国初期，鲁国有一个著名的工程师叫鲁班，他不仅是一个工程师，也是一个发明家，发明了很多的机器。有一次鲁班发明了一种进攻性武器叫"云梯"。这个武器开到城墙下，就可以飞快地架到城墙上，可以进攻别人的城市。

鲁班就把这项发明的专利卖给了楚国，楚国获得了这项发明的专利以后，开始大量生产云梯，准备去攻打宋国。墨子听说楚将伐宋国的消息后，大吃一惊。无论战争的结局如何，对楚宋两国的百姓来说，尤其是对宋国的百姓来说都是一场大灾难。

于是，墨子一面安排大弟子禽滑厘带领300名精壮弟子，帮助宋国守城；一面亲自出马前往楚国，甘冒风险，劝阻这场战争。他急急忙忙，日夜兼程，鞋破脚烂，毫不在意，赶了十天十夜的路，终于到达楚的国都郢，去见鲁班，要阻止楚王用鲁班发明的新武器攻打宋国。

到郢都后，墨子先找到了鲁班。打算说服他停止制造攻击宋国的武器，让他引荐自己去见楚王。

鲁班见了墨子，心里有些发慌，就对墨子说："你来我这里有什么事？"

墨子说："我在北方有一个仇人，希望先生能够帮我去杀掉他。"鲁班听了很不高兴，却并不说话。

墨子又说："要不这样，我送你十金怎么样？"

鲁班说："我是讲道义的人，怎么能平白无故杀人呢？"

墨子听了他的话，对他拜了两拜，说："我听说你造了云梯，要拿去攻打宋国。宋国有什么罪呢？你自己刚才还说讲道义，我让你杀一个人你还不高兴，难道杀那么多人就是讲道义了吗？"

鲁班无话可说，只好道："有什么办法呢？我已经和楚

王说过了呀!"

墨子就让鲁班带他去见楚王。到了皇宫,墨子对楚王说:"有人不肯坐自己华丽的车子,却想去偷邻居的破车子;不穿自己的好衣裳,却想偷邻居的破衣服穿;不吃自己家的美味佳肴,却想偷吃邻居家的老咸菜。您说,这是个什么样的人呢?"

楚王说:"那他一定是疯了,得了偷窃病了吧?"

墨子说:"对呀,就是这样!楚国这么大,特产这么丰富,宋国那么小,出产十分贫瘠,楚国与宋国相比,就好像我刚才说的华丽的车子比之于破车子,锦绣衣裳比之于粗布衣服,白米肥肉比之于糟糠。我认为大王攻打宋国,正和这个害偷窃病的人一样。"

楚王说:"你说得很对,即便是这样,但是鲁班给我造好云梯了,我还是要打一下宋国的。"

墨子说:"其实你们攻打宋国,却也不一定会获胜!"于是,墨子解下衣带当作城,用竹片当器械,和鲁班演练攻守战。

鲁班一次又一次地设下攻城的方法,墨子一次又一次地挡住了他。鲁班先后攻守了9次,墨子守攻了9次,结果都是鲁班失败。

后来，鲁班要求与墨子交换，鲁班守城墨子来攻。结果不出3个来回，墨子就攻到了城内。

这下子，鲁班恼羞成怒，就对墨子说："我还有一种方法对付你，但我不告诉你！"其实鲁班的意思是叫楚王杀了墨子。

墨子听了只是一笑，看着鲁班道："我知道你想怎么对付我，但我也不告诉你！"

楚王问这是怎么回事，墨子说："鲁班的意思，只不过是想要你杀死我。以为杀了我，宋国就守不住了。但是我告诉你，我的大弟子禽滑厘已经带着我300个学生，拿着我发明的守城的器械，已然守在宋城之上严阵以待了。而且我的全部破敌之法禽滑厘已经烂熟于心，即使杀了我，你去了也是送死。"

楚王与鲁班知道墨子不是空手而来，后方早已布下阵势，准备得相当充分，终于意识到攻打宋国不是那么容易的事。于是楚王说道："好啦，我们不要攻打宋国了！"

这个故事，就是墨子典型的行侠仗义。为什么说他是行侠仗义呢？因为墨子救宋国不是宋国人请他去救的，甚至宋国压根儿就不知道墨子到楚国去救他

 论 语

们了。

墨子在回国的路上,路过宋国的时候,天上下着大雨,墨子走到城门口,想进去躲躲雨,结果宋国人不让他进去。可见墨子不是为了自己,他是为了世界的和平,为了实现他自己反战的主张,所以说墨子是一腔热血。

这个故事出自《墨子·非攻》,谴责了进攻的战争,也就是反对侵略战争,这是墨子思想的一个重要内容。

春秋战国时期,战争频仍,土地荒芜,死者遍野,民不聊生。墨子看到了战争的残酷性、欺骗性和掠夺性,体察到下层的民情,代表小生产者及广大百姓的利益,提出了"非攻"的主张。

墨子还分析了社会动乱的根源是不相爱,他断言:

> 诸侯之间相爱,就不会发生野战;家族宗主之间相爱,就不会发生掠夺;人与人之间相爱,就不会相互残害;君臣之间相爱,就会相互施惠、效忠;父子之间相爱,就会

相互慈爱、孝敬；兄弟之间相爱，就会相互融洽、协调。

墨子提出的"兼爱"的伟大主张，体现了劳动人民质朴、纯真、善良的品性与愿望，是一种弥足珍贵地追求和谐社会的理想，在我国古代思想史上独树一帜。"兼爱"和"非攻"是一个问题的两个方面。"攻战"是"不相爱"最集中、最典型、也是最强烈的表现。

非攻并不等于非战，而是反对侵略战争，很注重自卫战争。自卫是反侵略的一个重要的组成部分，不自卫就会等于不反侵略；兼爱是大到国家之间要兼相爱交相利，小到人与人之间也要兼相爱交相利。而非攻则主要表现在国与国之间。只有兼爱才能做到非攻，也只有非攻才能保证兼爱。

为了避免战争，维护和平，墨子以"兼爱"为根据，提出了一个"七不"准则，即：

大不攻小也，强不侮弱也，众不贼寡也，诈不欺愚也，贵不傲贱也，富不骄贫

也,壮不夺者也。

这"七不"准则可视为人类历史上最早提出的国与国之间的关系准则,这个准则,表明了墨子伸张人间正义,保障人类权益,主持社会公道,推进世界和平的伟大理想。

总之,墨子以大无畏的精神行侠仗义,甘洒一腔热血,以"赴汤蹈火,死不旋踵"的实际行动,充分地诠释了墨家弟子崇高的人格力量和反对侵略战争的坚强决心和行动。

12岁做上卿的甘罗

甘罗,战国后期秦国人,12岁时被秦王拜为上卿。

甘罗出生在战国后期的秦国,他年轻有为,12岁时即被秦王拜为上卿,成为"一人之下,万人之上"的丞相。

公元前234年,秦王想联合燕国攻打赵国,于是下旨派张唐出使燕国,可是张唐借口有病,不肯前往。

60岁左右的文信候吕不韦知道此事后,亲自坐车去说服张唐。

张唐推辞说:"我曾多次带兵攻打赵国,赵国人早已对我怀恨在心。这次如果去燕国,一定要经过赵国。所以,想来想去,只有请相国另请高明了。"

吕不韦再三劝说,张唐还是不肯答应。

吕不韦回到府里,独自坐在堂上烦闷。他有一位门客,名叫甘罗是秦国原来的左丞相甘茂的孙子,才12岁。甘罗见吕不韦心中不悦,便走向前问道:

"相国今天有什么心事吗?"

吕不韦正在气头上,便气呼呼地挥手道:"小孩子家懂什么,跑来多嘴!你还得多学着点!"

甘罗不慌不忙地说:"相国平时看重门下之士,就是因为门下之士能为您分忧解愁。现在您有心事却不愿让门下之士知道,门下之士即使想效忠,也使不出气力呀!"

吕不韦见甘罗说得有理,就把事情的经过原原本

本地告诉了他。

甘罗听了,微微一笑:"派张唐出使燕国,这有何难,相国为什么不早说呢?我可以去说服将军。"

吕不韦听了,又发起火来:"走开,走开!我堂堂相国亲自去请,他都推三推四地不肯去,你一个小娃娃,有多大能耐,竟说此大话?"

甘罗不慌不忙地回答道:"话不能这么说。当初项橐才7岁,就被孔子尊为老师。我现在已经12岁了,比项橐还大5岁呢。请让我去试一试,如果不能成功,您再斥责我也不迟呀。"吕不韦看到甘罗这样自信,就派他去张府说服张唐。

甘罗到了张府,直截了当地对张唐说:"当初秦王派大将军白起去攻打赵国,白起推辞不去,最后被逼而死。今吕相国亲自来请你出使燕国,你推三推四地不肯去,依我看你的死期恐怕也不远了。"

张唐听了,毛骨悚然,面露惧色,马上向甘罗致谢:

"多谢您的提醒!"

张唐一面请甘罗代他向吕不韦谢罪,一面赶紧整理行装准备出使燕国。

张唐快要上路了，甘罗又去叩见吕不韦说："张将军虽然不愿意出使燕国，但途经赵国，的确也还存在障碍。请相国给我5辆马车，让我先到赵国，通报张将军要从赵国经过的事。"

吕不韦见甘罗考虑得如此周到，心里十分高兴，他立即带甘罗面见秦王嬴政。

秦王嬴政听了吕不韦的介绍，试探着问：

"甘罗，见了赵王你怎么说？"

甘罗胸有成竹地回答："这得看赵王是个什么样的人，必须见机行事，随机应变。"

"你这么小的年纪，到了赵国，能不能让赵王把你吓垮了？"秦王又微笑着问。

"我为什么要害怕呢？如果我是赵国的使臣，出使秦国，害怕还有可能，因为秦国比赵国要强大得多。可现在我将作为秦国的使臣，出使赵国，我又怕什么呢？"甘罗神情坦然地回答。

"嗯。"秦王微微点头，心中颇为高兴。

当即决定派甘罗为使者出使赵国。

赵王已经知道了秦、燕两国最近亲近往来的事，正在担心两国合力攻赵，忽然听到秦国使者来了，顿

时喜出望外,亲自率领大臣到郊外迎接。

赵王见秦国使者只是一个5尺高的少年,可气度不凡,竟也不敢怠慢。赵王迎下甘罗,与之并肩而行。

甘罗问赵王:"大王听说燕太子丹已经到秦国作人质了吗?"

赵王回答:"听说了。"

"听说张将军要去燕国了吗?"

"也听说了。"

"燕太子丹到秦国作人质,说明燕国不欺骗秦国。燕、秦两国互不相欺,赵国就危险了。"

赵王听了,吓得脸色骤变,赶紧问:"秦国、燕国亲近,到底是什么用意呢?"

甘罗说:"秦国同燕国亲近,是想联合起来攻打赵国,扩大秦国在河间的地盘。与其被夺,大王还不如先割让5座城池给秦国,让秦国达到目的。我可以请求秦王,不派张唐出使燕国,断绝和燕国的关系,而和赵国友好。那样,赵国可以去攻打比自己弱小的燕国,而秦国又不去援助燕国,赵国得到的又何止是5座城池呢?"赵王听了十分高兴,马上把5座城池的地图交给了甘罗，让他带回交给秦王。

秦王决定不派张唐出使燕国，太子丹见形势有变，偷偷逃回燕国。赵国出兵进攻燕国，攻取燕国上谷郡30座城池，拿出11座城池献给了秦国。

秦国不费一兵一卒，先后得到了16座城池。秦王因为甘罗的特殊功勋，便封他为上卿，相当于丞相的官职。

杰出的科学家祖冲之

祖冲之很小的时候，正处于西晋末年这一战乱时期，由于故乡遭到战争的破坏，他家迁到里江南。

祖冲之的祖父祖昌，曾在宋朝政府里担任过大匠卿，负责主持建筑工程，是掌握了一些科学技术知识的；同时，祖家历代对于天文历法都很有研究。因此祖冲之从小就有接触科学技术的机会。

祖冲之对于自然科学和文学、哲学都有广泛的兴趣，特别是对天文、数学和机械制造，更有强烈的爱

论语

好和深入的钻研。

祖冲之在青年时期,就有了博学多才的名声,并且被政府派到当时的一个学术研究机构去做研究工作。后来他又担任过一些地方上的官职。

祖冲之晚年的时候,南齐统治集团发生了内乱,政治腐败黑暗,人民生活非常痛苦。北魏乘机发大兵向南齐进攻。对于这种内忧外患重重逼迫的政治局面,祖冲之非常关心。

大约在494年至498年,祖冲之在担任长水校尉的官职时写了一篇《安边论》,建议政府开垦荒地,发展农业,增强国力,安定民生,巩固国防。但是由于连年战争,他的建议始终没有能够实现。过不多久,这位卓越的大科学家在500年的时候去世了。

祖冲之在生活中虽然饱受战乱之苦,但他仍然继续坚持学术研究,并且取得了很大的成就。他研究学术的态度非常严谨。他十分重视古人研究的成果,但又决不迷信，完全听从于古人。

一方面，他对于古代科学家刘歆、张衡、刘徽、刘洪等人的著述都作了深入的研究，充分吸取其中一切有用的东西；另一方面，他又敢于大胆怀疑前人在科学研究方面的结论，并通过实际观察和研究，加以修正补充，从而取得许多极有价值的科学成果。

祖冲之是历史上少有的博学多才的人物。他曾经重新造出了指南车、千里船、水碓磨等巧妙机械多种。此外，他精通音律，擅长下棋，还写有小说《述异记》。

祖冲之最大的贡献在天文和数学方面，是一位杰出的数学家和天文学家。

数学成就：在数学方面，祖冲之写的《缀术》一书，被收入著名的《算经十书》中，作为唐代国子监算学课本，可惜后来失传了。《隋书·律历志》留下一小段关于圆周率（π）的记载，祖冲之算出 π 的真值在 3.1415926 和 3.1415927 之间，相当于精确到小数第七位，简化成 3.1415926。"祖率"是当时世界上最先进的成就。祖冲之还给出 π 的两个分数形式，即约率 22/7 和密率 355/113，其中密率值比欧洲要早

1000多年。祖冲之还和儿子祖暅一起圆满地利用"牟合方盖",解决了球体积的计算问题,得到正确的球体积公式。

天文历法成就:祖冲之在天文历法方面的成就,大都包含在他所编制的《大明历》及为《大明历》所写的驳议中。在祖冲之之前,人们使用的历法是天文学家何承天编制的《元嘉历》。

祖冲之经过多年的观测和推算,发现《元嘉历》存在很大的差误。于是祖冲之着手编制新的历法,在462年,他编制成了《大明历》。《大明历》在祖冲之生前始终没能采用,直至510年才正式颁布施行。

《大明历》的主要成就在于:区分了回归年和恒星年,首次把岁差引进历法,测得岁差为45年11月差一度;定一个回归年为365.24281481日,直至1199年南宋杨忠辅制统天历以前,它一直是最精确的数据。

采用391年置144闰的新闰周,比以往历法采用的19年置7闰的闰周更加精密;定交点月日数为27.21223日;得出木星每84年超辰一次的结论,即定木星公转周期为11.858年。

给出了更精确的五星会合周期,其中水星和木星的会合周期也接近现代的数值;提出了用圭表测量正午太阳影长以定冬至时刻的方法。

祖冲之在天文历法以及数学等方面的辉煌成就,充分表现了我国古代科学的高度发展水平。他编制的《大明历》标志着我国古代历法科学的一大进步,开辟了历法史的新纪元。

他求得圆周率7位精确小数值,打破以前的历史的纪录,是世界范围内数学领域的里程碑。祖冲之不仅是我国历史上杰出的科学家,而且在世界科学发展史上也有崇高的地位。

知之为知之

子曰:"由①,诲女②知之乎?知之为知之,不知为不知,是知也。"

 论 语

子张③学干禄④，子曰："多闻阙⑤疑，慎言其余，则寡尤；多见阙殆，慎行其余，则寡悔。言寡尤⑥，行寡悔，禄在其中矣。"

【注释】

①由：姓仲名由，字子路。生于公元前542年，孔子的学生，长期追随孔子。

②女：同汝，你。

③子张：姓颛孙名师，字张，生于公元前503年，比孔子小48岁，孔子的学生。

④干禄：干，求的意思。禄，即古代官吏的俸禄。干禄就是求取官职。

⑤阙：缺。此处意为放置在一旁。

⑥寡尤：寡，少的意思。尤，过错。

【解释】

孔子说："由，我教给你怎样做的话，你明白了吗？知道的就是知道，不知道就是不知道，这就是智慧啊！"

子张要学谋取官职的办法，孔子说："要多听，

有怀疑的地方先放在一旁不说，其余有把握的，也要谨慎地说出来，这样就可以少犯错误；要多看，有怀疑的地方先放在一旁不做，其余有把握的，也要谨慎地去做，就能减少后悔。说话少过失，做事少后悔，谋求官职的方法就在这里了。"

【故事】

韩非著书实现改革

战国末年，天命和鬼神思想盛行，诸侯争霸，民不聊生。思想家韩非以"人定胜天""世异事异"的观点做依据，上书韩王，推行改革。

韩非上书多次，韩工没有采纳。韩非想：只有以最有力的论点，最巧妙的办法把自己的主张宣传出去，理想才会实现。于是，他开始夜以继日地著书立说。

终于，他写出了《五蠹》《孤愤》《显学》《解

老》《喻老》《定法》《问田》《难势》《难一》等二十卷、五十五篇、十万言论著，综合了商鞅的"法"治，申不害的"术"治，慎到的"势"治，提出了一套以"法"为中心，"法、术、势"三结合的政治主张。

他的《五蠹》等文章传到秦王嬴政手里，秦王如获至宝。为得到韩非，秦王趁韩王派韩非出使秦国之机将其留下，这样，韩非的改革愿望才得以实现。

杰出的农学家贾思勰

贾思勰出身于地主家庭，与当时一般地主子弟和读书人不同的是，他十分注重生产事业，有着发展生产和富民强国的热切愿望。

贾思勰曾经做过高阳郡太守，郡治在今河北省高阳。在高阳太守任上，他下定决心一定要做一个"好官"。

他说："圣人不以自己的名位不高为可耻，只是忧虑人民的贫困,奖励生产就可以使人民摆脱穷困。"他关心人民生活,注意发展生产,同情人民的痛苦。除了奖励生产以外,他还亲身参加劳动。

那时候,在黄河流域居住着各族人民,人们在生产中相互学习,在耕种、畜牧、种植树木方面都积累了非常丰富的经验。贾思勰常跟农民谈论生产上的事情,虚心地向农民请教,尤其是注意向老农学习生产上的经验和知识。

他很看重这些经验,下决心要把这些经验总结起来,传播出去,以发展祖国的农业生产。于是,贾思勰就下定决心。最后,他终于写成《齐民要术》这一经典巨著。

论 语

　　贾思勰之所以把这部书叫作《齐民要术》，其实也反映了他忧虑人民贫困和奖励农业生产的一贯思想。"齐民"这个词，用现代语言翻译出来，就是"平民"或"人民"的意思；"要术"就是谋生的主要方法。"齐民要书"4个字合起来的意思，就是"人民群众谋生的主要方法"。

　　《齐民要术》中的每字每句都不是随便写下来的，而是有来历、有根据，经过实践检验过的。除了当时人的经验，比如西汉农学家氾胜之的《氾胜之书》，就是作为很重要的参考材料。这就是《齐民要术》所以成为我国农业科学发展史上不朽著作的原因。

　　《齐民要术》的内容十分丰富。全书90篇，分成10卷。不仅总结了当时以及以前汉族人民的生产知识和技术，也记录下了各兄弟民族宝贵的生产经验，以及各族人民间生产经验互相交流的情况。贾思勰在《齐民要术》里总结了我们祖先哪些重要的生产经验呢？

　　一是不误农时，因地种植。

　　农作物的栽培和管理，必须按照不同的季节、气候和不同的土壤特点来进行。这是贯穿在《齐民要

术》中的一条根本原则。

贾思勰把最适宜的季节叫作"上时",其次的叫作"中时",不适宜的季节叫作"下时",并且告诉大家不要错过适宜的栽培季节"上时"。他又指出,种植各种作物的土壤条件,也各不相同。

在《齐民要术》里,贾思勰还根据实际经验说明,同一种作物不仅在不同的土壤上使用种子的分量不能相同,并且同一农作物在上时、中时、下时下种,用种子的分量也有差别。这些原则都是科学的。

关于土壤条件对农作物的影响,贾思勰在《齐民要术》里有许多很有意义的记载。

他说:"并州没有大蒜,都得向朝歌去取蒜种,但是种了一年以后,原来的大蒜变成了蒜瓣很小很小的蒜。并州芜菁的根,像碗口那么大,就是从别的地方取来种子,种下一年,也会变大。在并州,蒜瓣变小,芜菁的根变大,是土壤条件造成的结果。这说明栽种农作物必须注意自然条件。"

这就是说,植物的本性在不同的环境下是可以改变的。从这里,可见我们祖先早就从生产实践中知道了植物遗传和环境的关系,也知道除了要重视自然条件以外，还可以"驯化"农作物。

二是精耕细作，保墒抢墒。

贾思勰在《齐民要术》里说："地一定要耕得早，耕得早，一遍抵得上三遍，耕迟了，五遍抵不上一遍。"

他又说："耕地要深，行道要窄。因为如果行道耕得太宽了，就会耕得不均匀，深一处，浅一处；而且耕牛因为用力太多，也容易疲乏。耕完地以后，就要立即把土锄细和耙平，经过几次锄、耙，才好开始播种。当绿油油的谷苗长出田垅以后，还要反复地锄地。这不是为了把地里的杂草锄去，而是要使土壤松匀，土壤锄得越疏松均匀，农作物就越容易吸取土壤中的养分。"

另外，《齐民要术》里也记载了我们祖先的"冬灌"的经验。这就是把雪紧紧地耙在地里，或把雪积成大堆，推到栽下种子的坑里去，以防止大风把雪刮走，使地里有充足的水分。这样，春天长出来的庄稼就会特别旺盛。

《齐民要术》里还要大家注意抢墒。黄河流域在春末夏初播种的季节里雨量很少，经验告诉我们的祖先，必须趁雨播种。谷物的播种，最好是在下雨之后。如果雨小，不趁地湿下种，苗便得不到充足的水分，就不容易长得健壮。

但是，遇到雨大就不能这样做，因为雨太大，地太湿，杂草就会很快地长起来。同时，谷物也不适宜在过湿的土地上生长。这就要在地发白后再下种。

这样保墒保泽的经验，即使在今天来说，也是很宝贵的。

三是选择种子，浸种催芽。

如果不选种，不但庄稼长不好，种子还容易混杂。种子混杂了，就会给生产带来很多麻烦，不但出苗会迟早不齐，谷物成熟的时期也不一样。关于选种的方法，《齐民要术》里记载，不论是粟、黍，还是秫、粱，都要把长得好的、颜色十分纯洁的割下来，挂在通风干燥的地方。

留种地要耕作得特别精细，要多加肥料，要常常锄地，锄的遍数越多，结的籽粒就越饱满，才不会有空壳。种子收回来后，要先整理，并且要埋藏在地窖里，这才可以防止种子混杂的麻烦。

《齐民要术》里也记载着浸种和催芽的方法。在

播种前20天，就应该用水淘洗种子，去掉浮在上面的秕子，晒干后再下种。也有让水稻浸到芽长两分，早稻浸种到芽刚刚吐出时再播种的。

四是合理施肥，轮作套作。

秋天的时候，要是耕种长着茅草的土地，最好让牛羊先去践踏，然后进行深翻。这样，草被踏死了，深翻后埋在地里可以做肥料。在没有茅草的地里，秋耕时也要把地里的杂草埋到地里去，第二年的春天草再长出来时，要再把它埋到地里去。这样，经过耕埋青草的土地，就像施了粪肥的土地一样肥沃，长出的庄稼就会又肥又壮。

另外，用过豆科作物做绿肥的地里，如果种上谷子，每亩可以收获很大的产量。《齐民要术》里也提到用围墙和城墙的土作为肥料的办法。直至现在，这些办法对我国农村的积肥造肥，也还是很有用处的。

《齐民要术》里还讨论了轮作和套种方法。有的农作物连栽不如轮作，麻连栽就容易发生病害，降低麻的品质。接着又讨论了哪一种作物的"底"最好是什么。什么是"底"呢？就是我们所说的"上茬"。

谷物的底最好是豆类，大豆的底最好是谷物，小豆的底最好是麦子，瓜的底最好是小豆，葱的底最好是绿豆。再如，葱里可以套种胡荽，麻里可以套种芜菁等。这种用轮作发挥地力和培养地力的方法，现在仍旧是值得我们重视的。

五是果树栽培，因树施法。

贾思勰说，果树的种类很多，有的耐寒，有的喜润湿，有的在冬天结实，有的要在风和日暖的时候才开花结果。

各种果树的特点既然各不相同，栽培的方法也不能一样，不能以适合一种果树的方法死搬硬套地应用到别的果树上去。例如李树用播种移栽的方法，最好是扦插；梨树则用嫁接的方法最为适宜等。

贾思勰根据农民的经验，提出了不同树种的栽培方法。以桃树为例，他说桃子熟的时候，连果肉一起埋到粪地里，至第二年春天再把它移到种植的地上去，这样的桃树成熟早，3年便可以结果，因此不必用插条来扦插。

要是不把种子放在粪地里，植株不会茂盛；如果就让桃树留在粪地里生长，果实不会大而且味苦。此外，贾思勰还很细致地总结了果树嫁接的方法，以及

怎样注意防止果树遭受霜冻损害的方法。

六是选好种畜，精心饲养。

贾思勰在《齐民要术》里指出，畜养动物首先应该重视选种，要选择最好的母畜来做种畜，不能随随便便让不好的母畜繁殖后代。这说明我们的祖先很早就注意牲畜的遗传性。除此以外，《齐民要术》还很重视牲畜怀胎的环境，以及小牲畜出生后的环境对它们的影响。还告诉我们要注意对肉用牲畜的阉割和掐尾。

在牲畜的饲养法方面，贾思勰在《齐民要术》里总结了很多丰富的经验。以养马为例，贾思勰指出，马饿时可以喂比较坏的饲料，饱时再给好的，这样马可以吃得多，因而也可以肥壮。饲料要铡得细，过粗马吃了不会肥壮。

给马喂水也有一定的规则。早上马饮水要少，中午可以让马多饮一点，到了晚上，因为要过夜，要让它尽量饮水。每次饮水之后，要让马小跑一阵，出汗消水。《齐民要术》里也记载了几十个医治马病的方法。这都是我们祖先由实践中得出有效的方法。

七是农村副业，多种经营。

我们的祖先不仅在农业、林业和畜牧业方面取得了很大的成就,而且在农村副业方面也积累了丰富的经验。《齐民要术》里指出,养蚕的屋子里要温度适宜。屋里太冷蚕长得慢,太热就枯焦干燥。因此,养蚕的房屋,冬天四角都得生火炉,屋子的冷热这样才会均匀。

在喂蚕的时候要把窗户打开,蚕见到阳光吃桑叶就多,也就长得比较快。这时候用柘树叶养蚕也开始了。我们祖先也知道了柘丝质量很好,用其制作胡琴等乐器的弦,比一般的丝还强,发出来的声音非常响亮。

在《齐民要术》里记载的柘蚕取丝的方法,可能是我国关于这方面的最早的文字记载。

此外,《齐民要术》里还记载做染料的方法,使用"皂素"的经验,以及记载了酿酒、造醋、做酱、制豆豉等方法。

上面所介绍的,只是《齐民要术》内容的极少部分,但我们已经初步知道,早在1400多年前,我国农业科学已经达到很高的水平。

贾思勰的《齐民要术》是我国在6世纪的一部最

论 语

完整的、最有系统的、内容最丰富的农学著作，也是世界农学史上最早的一部不朽的名著。书中闪烁着我们祖先的智慧的光辉和伟大的创造力，对以后的农业科学的发展有很大影响。

《齐民要术》以后，我国4种规模最大的农学著作，即元朝司农司编《农桑辑要》、王祯的《农书》、明朝徐光启的《农政全书》和清朝"敕修"的《授时通考》，没有一种不拿《齐民要术》作为范本的。就是规模比较小的许多农学著作，如陈敷的《农书》、鲁明善的《农桑衣食撮要》，也都受《齐民要术》的影响。

伟大的地理学家郦道元

郦道元生于仕官家庭，父亲郦范做过刺史、尚书郎、太守等职。郦道元从少年时代起就爱好游览，有志于地理学的研究。他跟随父亲在青州时候，就曾经和友人一起游遍山东。

郦道元喜欢游览祖国山川，尤其喜欢研究各地水文地理、自然风貌。他充分利用在各地做官的机会进行实地考察，足迹遍及今河北、河南、山东、山西、安徽、江苏等广大地区，调查当地的地理、历史和风土人情等，掌握了大量的第一手资料。

每到一个地方，他都要游览名胜古迹、山川河流，悉心勘察水流地势，并访问当地长者，了解古今水道的变迁情况及河流的渊源所在、流经地区等。同时，他还利用业余时间阅读了大量古代地理学著作，积累了丰富的地理学知识，为他的地理学研究和著述打下了基础。

郦道元通过把自己看到的地理现象同古代地理著作进行对照比较，发现其中很多地埋情况随着时间的流逝发生了很大变化。

论 语

比如三国时代桑钦所著的地理学著作《水经》,此书虽然对大小河流的来龙去脉缺乏准确记载,但由于时代更替,城邑兴衰,有些河流改道,名称也变了,但书上却未加以补充和说明。而且记载相当简略,缺乏系统性,对水道的来龙去脉及流经地区的地理情况记载不够详细、具体。郦道元认为,如果不及时把地理现象的变迁记录下来,后人就更难以弄明白历史上的地理变化。所以,应该在对现有地理情况的考察的基础上,印证古籍,然后把经常变化的地理面貌尽量详细、准确地记载下来。

在这种思想指导下,郦道元决定利用自己掌握的丰富的第一手资料,在《水经》的基础上,亲自给《水经》作注。

事实上,郦道元一生的著述很多,除了《水经注》外,还有《本志》30篇及《七聘》等著作,但是,流传下来只有《水经注》。

作为一位杰出的地理学家,郦道元在《水经注》的序言中对前代的著名地理著作进行了许多点评。秦朝以前,我国已有许多地理类书籍,但当时国家不统一,生产力水平不发达,人们对地理的概念还比较模

糊,这些作品中普遍存在的问题就是虚构,如《山海经》、《穆天子传》、《禹贡》等。

郦道元坚决反对"虚构地理学",他在《水经注》序言中提出了自己的研究和工作方法,那就是重视野外考察的重要性。

《水经注》一书中记载了郦道元在野外考察中取得的大量成果,这表明他为了获得真实的地理信息,到过许多地方考察,足迹踏遍长城以南、秦岭以东的中原大地,积累了大量的实践经验和地理资料。

例如江南会稽郡的诸暨县,有五泄瀑布,景色壮丽,向来不为世人所知。郦道元在《水经注》里面首次记载了五泄飞瀑壮观的气势。从此,世人方知五泄的山水景观。

郦道元在实地调查中原地形的同时,又广泛收集南方的地理著作,进行对比研究,得出自己的结论。

郦道元为了写《水经注》,还阅读有关书籍,查阅了所有地图,研究了大量文物资料。据统计,他引用的文献多达480种,其中属于地理类的就有109种。经过长期艰苦的努力,郦道元终于写成名垂青史的著作《水经注》。

《水经注》名义上是注释《水经》，实际上是在《水经》基础上的再创作，其成果是空前的。全书共40卷，30多万字，记述了1252条河流，比原著增加了河流近千条，增加了文字20多倍。

书中还记述了各条河流的发源地与流向，各流域的自然地理和经济地理状况及火山、温泉、水利工程，还记述了历史遗迹、人物掌故、神话传说等，其内容比《水经》原著要丰富得多。

《水经注》在写作体例上，以水道为纲，详细记述各地的地理概况，开创了古代综合地理著作的一种新形式。

《水经注》涉及的范围十分广泛。从地域上讲，郦道元虽然生活在南北朝对峙时期，但是他并没有把眼光仅限于北魏所统治的一隅，而是抓住河流水道这一自然现象，对全国地理情况作了详细记载。不仅这样，书中还谈到了一些外国河流，说明作者对于国外地理也是注意的。

从内容上讲，书中不仅详述了每条河流的水文情况，而且把每条河流流域内的其他自然现象，如地质、地貌、地壤、气候、物产民俗、城邑兴衰、历史古迹以及神话传说等综合起来，作了全面描述。

　　《水经注》是6世纪前我国最全面、最系统的第一部完整记录华夏河流山川地貌的地理学巨著，对于研究我国古代历史和地理具有重要的参考价值。

　　《水经注》不仅是一部具有重大科学价值的地理巨著，而且也是一部颇具特色的山水游记。郦道元以饱满的热情，浑厚的文笔，精美的语言，形象、生动地描述了祖国的壮丽山川，表现了他对祖国的热爱和赞美，具有较高的文学价值。

　　由于《水经注》在我国科学文化发展史上的巨大价值，历代许多学者专门对它进行研究，形成一门"郦学"。

　　在漫长的中世纪，西方世界正处在基督教会统治的黑暗时代，全欧洲在地理学界都找不出一位杰出的学者。东方的郦道元留下了不朽的地理巨著《水经注》40卷，不仅开创了我国古代"写实地理学"的历史，而且在世界地理学发展史上也占有重要的地位。他不愧为中世纪最伟大的世界级地理学家。

论语

杜甫以诗抒发爱国情

大唐盛世,让时人树立起强烈的民族自豪感和民族自信心,这是一种可贵的爱国情感。盛世爱国应该是很自然的事情,但如果衰世也能爱国,就更加值得歌颂,正所谓"疾风知劲草"。杜甫就是一个坚守节操,经得起考验的爱国诗人,在中华民族爱国思想史上树立了一座永放光芒的人格丰碑。

杜甫所处的时代,是唐帝国由盛而衰的一个急剧转变的时代,"安史之乱"是这一转变的关键。他一生的创作,紧密联系时代,抒发了忧国忧民的伟大情怀。

杜甫祖籍今湖北

省襄阳，著名诗人杜审言之孙。也许是良好的遗传因子起了作用，7岁的杜甫竟能写咏凤凰的小诗了。在度过了一段书斋生活后，为了开阔视野，认识人生，交结友朋，增长才识，杜甫于20岁时开始漫游吴越。

杜甫从洛阳出发，来到长江边，过金陵下姑苏，渡浙江，泛剡溪，寻禹穴，赏鉴湖，登天姥，遍览了长江流域的秀丽山川，名胜古迹。

抱有盛唐时期青年诗人所共有的浪漫情怀，读过了千卷书，行了万里路后，24岁的杜甫心气高昂地来到洛阳考进士。孰料，竟落选了，这无异于给了他当头一棒，但是，具有坚强性格的杜甫，经受住了这次挫折。

第二年，杜甫又东游齐赵，过着"裘马轻狂"的生活，并在漫游中结识了李白、高适等大诗人。三人情趣契合，一起登高怀古，访道寻幽，赋诗论文，结下了深厚的友谊。

杜甫在历时10年的漫游中，接触到了灿烂的文化遗产和壮丽的河山，扩大了视野和心胸。写下了"会当凌绝顶，一览众山小"、"何当击凡鸟，毛血洒平芜"、"短衣匹马随李广，看射猛虎终残年"等豪

壮诗句。

杜甫在35岁的时候，再次来到长安，满怀希望而参加"制举"考试，却又落选了。不过这次是权相李林甫怕应考者揭露自己的劣迹，玩弄各种手法，使应试人全部落第，还以此标榜"野无遗贤"，遂使考试成为一场骗局，杜甫是这次骗局受害者之一。

这时，杜甫的生活日益穷困潦倒，急于在政治上寻求一条出路，以实现自己"致君尧舜上，再使风俗淳"的政治抱负。于是，他一再直接向皇帝献赋、上表，希望引起最高层的注意。然而，杜甫在当权者的冷遇下，困守长安长达10年。

生活磨砺了杜甫，也成全了杜甫，10年困守的结果，使杜甫变成了一个忧国忧民的诗人。他逐渐打破了对盛世的幻想，"致君时已晚，怀古意空存"，预见到盛世下隐伏的危机。

就在这时，"安史之乱"爆发了。杜甫流亡颠沛，欲投奔唐肃宗皇帝，竟被叛军俘获，后机智地逃离长安，来到唐肃宗所在地凤翔。

"麻鞋见天子，衣袖露两肘。"杜甫的忠诚感动了皇上，因此被授予左拾遗之职。然而，杜甫在权力中心仅仅待了不到两年，便因言事触怒皇上，被放还探亲。

此后，杜甫的诗作更贴近时代。作于"安史之乱"中的诗作《春望》，真切地抒写了动乱给唐王朝造成的巨大破坏，表达了诗人爱国思家的深沉感情：

> 国破山河在，城春草木深。
> 感时花溅泪，恨别鸟惊心。
> 烽火连三月，家书抵万金。
> 白头搔更短，浑欲不胜簪。

"安史之乱"前后，杜甫像屈原那样将个人的命运与国家、人民的命运联系在一起，继承屈原"发愤以抒情"的创作精神，写出诸如抨击腐败的裙带政治的《丽人行》，描述百姓受兵役之苦的《兵车行》、《三吏》、《三别》，及反映民生疾苦的《哀江头》、《北征》、《羌村》等。

杜甫的这些诗，几乎反映了"安史之乱"的社会全貌，体现了一个忧国忧民的爱国诗人高度的社会责任心。这一系列具有高度的人民性和爱国精神的诗

篇，使之达到了现实主义的创作高峰。

759年，已经48岁的杜甫，到达长江上游的成都，开始他人生最后10年漂泊西南的生活。到达成都的第二年春天，杜甫在朋友资助下营建了草堂，生活总算暂时安定下来。在环境幽美静谧的新居，他经营药圃，栽种芋栗，与农民朋友为邻，互相往来。

杜甫在锦城定居之后，便拜谒武侯祠，写下一首《蜀相》诗："丞相祠堂何处寻，锦官城外柏森森，映阶碧草自春色，隔叶黄鹂空好音。三顾频烦天下计，两朝开济老臣心。出师未捷身先死，长使英雄泪满襟。"

杜甫，满怀对诸葛亮的崇敬，向武侯祠堂寻来。诗中"三顾频烦天下计，两朝开济老臣心"两句，概括了诸葛亮的一生，表达了诗人对诸葛亮的钦敬。想到此，诗人不禁老泪纵横了，诗人的一片诗心，全在此处凝结。

杜甫在成都留住了5年，由于生活安定和环境优美，写了许多动人，情致高远，吟咏巴蜀山水的诗。诗人围绕着草堂风光，写了一些精妙的绝句。如"迟日江山丽，春风花草香"、"两个黄鹂鸣翠柳，一行白鹭上青天。窗含西岭千秋雪,门泊东吴万里船"等,表现了诗人对巴蜀大好河山的热爱。

这一时期,杜甫也并没有完全陶醉于山水吟咏之中。战争给人民带来的祸害,特别是精神上的痛苦,使他仍将笔触伸向了社会现实。

杜甫因自己的那间茅草房被秋风吹破,想到天下所有的处在饥寒交迫中的人们,写下了《茅屋为秋风所破歌》,诗作最后写道:"安得广厦千万间,大庇天下寒士俱欢颜,风雨不动安如山。呜呼!何时眼前突兀见此屋,吾庐独破受冻死亦足!"

他宁愿"冻死"来换取天下穷苦人民的温暖,这是多么难能可贵的忧民之心!读之令人震撼不已,感喟不已。这正是杜甫伟大之所在,崇高之所在。

杜甫还有一首《登楼》诗,更能表达他爱国伤时的情怀:"花近高楼伤客心,万方多难此登临。锦江春色来天地,玉垒浮云变古今。北极朝廷终不改,西山寇盗莫相侵。可怜后主还祠庙,日暮聊为梁父吟。"

诗写登楼的所见所感,将锦江、玉垒的蜀川江山同古往今来的变迁、忧国忧民的心事熔为一炉,借史发感,充分体现了当时杜诗境界壮阔而又沉郁顿挫的

艺术特色。

763年正月，延续7年多的"安史之乱"，至此基本结束。这一振奋人心的消息传来，悲歌了一生的诗人写出了情绪欢快而感人的诗篇《闻官军收河南河北》："剑外忽传收蓟北，初闻涕泪满衣裳。却看妻子愁何在，漫卷诗书喜欲狂。白日放歌须纵酒，青春做伴好还乡。即从巴峡穿巫峡，便下襄阳向洛阳。"

此诗一气贯注，奔流直下。它的每一个音符里，都跳动着喜悦的感情。他欣喜若狂，正准备携全家离开蜀州时，因好友严武重来镇守四川，便打消了出蜀念头。后来严武病故，诗人便带着全家离开成都草堂乘舟东下，在岷江、长江漂泊。沿途都有吟咏长江的诗作。

在渝州至忠州的途中，杜甫写下了寓情于景的名作《旅夜书怀》："细草微风岸，危樯独夜舟。星垂平野阔，月涌大江流。名岂文章著，官应老病休。飘飘何所似？大地一沙鸥。"

风吹岸草，江中孤舟，星垂旷野，月涌江流，如同一幅浓郁的水墨画卷。"飘飘何所似？天地一沙鸥"，这正是诗人暮年漂泊的悲苦境况的真实写照。

途经四川云阳时，杜甫作有五律《长江》二首，其一写道:"众水会涪万,瞿塘争一门。朝宗人共挹,盗贼尔谁尊?孤石隐如马,高萝垂饮猿。归心异波浪,何事即飞翻?"

其二写道:"浩浩终不息,乃知东极临。众流归海意,万国奉君心。色借潇湘阔,声驱滟滪深。未辞添雾雨,接上过衣襟。"

这两首诗极力描写了长江瞿塘峡之险峻和波浪掀天的惊心动魄的场面,以及江流浩荡、百川归海的气势。触景生情,诗人那种爱国忧民和盼望国家统一的情感,也从诗里行间流露出来。

766年,杜甫到达夔州。白帝城和夔门就在这里。此地依山临江,气势雄伟。诗人在夔州朋友的帮助下,安居下来。"他乡阅迟暮,不敢废诗篇"。

他倾力作诗,将长江天府之国的壮丽山川、名胜古迹同自己蹉跎岁月的感慨结合起来,诗笔悠悠,诗作甚丰。

768年,杜甫漂泊至长江、汉水之间的湖北公安,作有《江汉》一诗:"江汉思归客,乾坤一腐儒,片云天共远,永夜月同孤。落日心犹壮,秋风病欲苏。古来存老马,不必取长途。"此诗表现出一种烈士暮

年、壮心不已的情怀。

770年，杜甫滞留潭州，以舟为家，于衰病愁苦、孤寂辛酸之中，写下了生平最后一首诗《风疾舟中伏枕书怀三十六韵奉呈湖南亲友》，他仍不忘于时局，其中写道：

> 公孙仍恃险，侯景未生擒。
> 书信中原阔，干戈北斗深。

杜甫就是这样一个人，为国家，为人民忧虑了一生，歌唱了一生，直至病倒在湘江中与他数载相依为命的破船上，才永远停止了歌唱，时年59岁。

范仲淹先天下而忧

范仲淹出生于北宋重镇真定府。他不满周岁即遭丧父，少时在山东长山醴泉寺苦读，年轻时赴河南商丘应天书院苦读 5 年。1015 年，27 岁的范仲淹考取进士，踏上仕途生涯，开始了他爱国爱民的一生。

1021 年，范仲淹任江苏泰州西溪盐仓监官。在西溪，他目睹民不聊生的局面，为解救当地万民不再继续遭受海潮之苦，范仲淹实地勘察调研后制订了修堤治水方案。这事原本同他这个管理盐仓的盐税官不搭界，可他为了国家和人民，甘愿揽事上身，把提案呈报顶头上司张纶。

此事立即招来众多非议。可张纶却是个明智有头脑的人，看了范仲淹的上书和方案，很欣赏这位敢言敢为的下属，力排众议，立即将范仲淹方案立项奏请朝廷，任命范仲淹为灾区中心兴化县令主持整个修堰工程。此项目得到朝廷批准。

1024 年秋，范仲淹奉旨率领通、楚、泰、海四州兵夫民工 4 万余众，打响了浩大的筑堤战役。范仲淹的好友滕宗谅当时也在泰州任官，奉命调任全力协助范仲淹工作。

工程进行至冬季，不幸之事降临，大雨大雪惊涛骇浪，堤垮人散，百余修堤者不幸遇难。

朝廷闻报，派转运使胡令仪实地调查。好在这个

调查大员胡令仪也曾在海陵任过职,对海潮之患,百姓之苦深有了解,实地调查后全力支持范仲淹继续修堤,工程终于复工。

海堤工程正有序地行进,不幸之事再次降临,范仲淹母亲不幸病逝。范仲淹不得不按制离任守丧,修堤工程改由张纶继任。

范仲淹离任不离心,特致书张纶再表述修堤利害,念念不忘鼓气,关心工程工作。在张纶的全力支持下,海堤工程于1028年终于告成。

新的防海潮大堤阻止了潮水泛滥,使荒地重变良田。海陵兴化等地2600余户逃荒居民纷纷返回,耕种生产,重整家园。灾区老百姓感恩戴德,为范仲淹立了生祠"范仲淹祠",为张纶立"张候祠",还把这条重修的防海潮大堤取名为"范仲淹堤"。

老百姓最为本质直白,爱憎分明,谁最关心爱护他们,他们就为谁树碑立祠,更有兴化之民多有随从范姓,以明感念之心。"范仲淹堤"至今仍惠于民。

1033年7月,范仲淹任国子监。其时江淮、京东遭灾,范仲淹奏请宋仁宗帝派员前往巡行救灾,宋仁宗无复。范仲淹又奏说"宫中半日不食当如何?今数路艰食,安可置而不恤?"

宋仁宗感到惭愧,遂命范仲淹出使安抚江淮。

范仲淹所到之处开仓赈济,免其赋税。他看到灾民在吃一种带苦味的乌味草充饥,就回京时带给宋仁宗,以乌味草请示六宫贵戚,以戒奢侈。又陈言"天之生物有时,而国家用之无度,天下安得不困。"其爱民慈民言之凿凿,心之切切。

1038年11月,范仲淹知越州,到任后不久,越州户曹孙居中病故任上。孙居中位卑禄薄,任职清廉,家贫子幼,家人无力丧事。范仲淹以己俸百缗周济他,又为他雇一艘船,派一名可靠老吏护送孙妻幼

 论 语

子一家老小及灵柩回原籍。

在出发前，范仲淹考虑到一路关卡恐有纠缠盘剥，特地写了一首诗，署了自己的名字交给老吏，以告沿途关照。范仲淹诗意充满了对下级清廉官员的深切关爱和同情。

范仲淹出守陕西边事期间，一天与同僚宴饮楼上，闻有哀哭声，派人探问，方知贫苦之家为安葬死者无力购置棺木收敛之物而号哭，范仲淹即刻罢宴捐出自己俸钱为死者购买安葬之物。廉官吴遵路在西线战事有贡献，病逝在任上，范仲淹为其治丧并周济家人，对其幼子给予关爱。

范仲淹在抗敌西夏期间，面对敌强我弱的形势，反对盲目出击，大战杀伐。朝廷在三川口、好水川、定川寨这三大战役中，每战必损兵折将。面对如此生灵涂炭，范仲淹团结当地少数民族人民，军民共同抗战，采取守战、小战、持久战，并瓦解敌人之策，最终迫使西夏请和，使无数生灵免于战争。

他还曾冒着杀头之罪，致书西夏李元昊申明大义，信中恩威并举，晓之以理，动之以情。

事实证明，范仲淹以爱国爱民之心审时度势所实

施的一系列具体作战方略，最终不得不为朝廷及边陲将帅们所钦服。他的保家卫国精神，终使敌国的人民为之倾倒，罢息干戈，促进了民族团结。

范仲淹一面军纪严明，赏罚分明，一面又十分关爱戍边士兵的甘苦，深得拥戴。范仲淹还首改宋兵制，战时守边，平时务农，试行兵农合一。

范仲淹守边抗敌有功，朝廷嘉奖他大量金银财物，范仲淹全部分赠守边将佐、士兵，安抚边境少数民族，馈赠羌酋首领，自己则分文不取。当时边疆军民共同唱颂范仲淹的歌谣。

仗要赢，生命要赢，尊严要赢，人心要赢，这个仗应该怎么打？

从范仲淹身上，让人们看到浑身写满的是"爱国"、"爱民"、"生命"、"正义"、"道德"、"友好"、"和平"。这便是范仲淹爱国爱民的精神。

西北战事，范仲淹堪为中流砥柱。战事稍安，朝廷即任命范仲淹为参知政事。随后，宋仁宗诏命范仲淹起草主持改革大政。于是，北宋历史上轰动一时的庆历新政就在范仲淹的领导下开始了。

范仲淹提出了10项改革主张，它们是：

论 语

明黜陟，即严明官吏升降制度；抑侥幸，即限制侥幸做官和升官的途径；精贡举，即严密贡举制度；择长官，即根据政绩奖励或罢免；均公田，即均衡官员的职田收入；厚农桑，即重视农桑等生产事业；修武备，即整治军备；推恩信，即广泛落实朝廷的惠政和信义；重命令，即要严肃对待和慎重发布朝廷号令；减徭役，及采取措施使人民不再为繁重的困扰而忧愁。

范仲淹的改革新政实施了短短几个月间，政治局面已焕然一新。然而，新政改革才行一年，范仲淹就遭到既得利益者的攻击，宋仁宗也产生了动摇。改革告失败后，范仲淹被迫离京，再度戍边。

范仲淹心境坦然，眼下新政受阻，身心受到打击，国家和老百姓不能得到更大的实惠，那么，就尽自己家中所有为故乡的亲友尽一份心吧！范仲淹无论顺境逆境爱国爱民之心始终。

1049年，范仲淹已年过花甲在杭州任职。其时他在杭州的子弟及友人见范仲淹身体日衰，劝他在洛阳治宅第，以为逸老之所。可范仲淹却一口拒绝，他说："一个人如果有道义之乐，可以舍生取义，更不会在乎居室？"

范仲淹非但不治私宅，还倾其全部官俸和奖金，在天平山祖居，扩建筑屋为"义宅"，并亲自命名"岁寒堂"，"松风阁"。这是古代历史上第一个多功能私家慈善机构，史称"范氏义庄"，简称"范义庄"。

范仲淹亲自制订了义庄制度13条，选取族中"长而贤者"主持管理。义庄制度中包括外姓人氏也在救助之例：乡里、外姻、亲戚凡贫不济者，即可到义庄求得一定的帮助。

范义庄自创立以来，范氏子孙世守，历两宋、元、明、清时期，前后长达900年。为中华历史上延续时间最长，规模最大，管理最周密，影响最广泛的私家慈善机构。

1052年正月，范仲淹自青州调任颍州，其时范仲淹身弱多病，力不能支。5月20日，病逝于赴颍州途中的徐州，终年64岁。一代全才范仲淹与世长辞，

 论 语

宋仁宗闻听噩耗,嗟悼久之,辍朝一日,亲书"褒贤之碑",谥"文正"。

消息传到范仲淹抗敌西夏之边疆,邠、庆两州少数民族同胞虽遇范仲淹恩泽相去已近10个年头,却仍悲痛欲绝。范仲淹爱少数民族人民由此可见一斑。

范仲淹以自己的言和行,塑造了伟大的人格,征服了朝廷的官心,诚服了天下的士心,赢得了四海的民心,这在中华历史上是绝无仅有的。

举直错诸枉

哀公[①]问曰:"何为则民服?"孔子对曰[②]:"举直错诸枉[③],则民服;举枉错诸直,则民不服。"

季康子[④]问:"使民敬、忠以劝,如之何?"子

曰:"临之以庄,则敬;孝慈,则忠;举善而教不能,则劝。"

【注释】

①哀公:姓姬名蒋,"哀"是其谥号,鲁国国君。

②对曰:《论语》中记载对国君及在上位者问话的回答都用"对曰",以表示尊敬。

③举直错诸枉:举,选拔的意思。直,正直公平。错,同措,放置。枉,不正直。

④季康子:姓季孙名肥,"康"是他的谥号,鲁哀公时任正卿,是当时鲁国政治上最有权势的人。

【解释】

鲁哀公问:"怎样才能使百姓服从呢?"孔子回答说:"把正直无私的人提拔起来,把邪恶不正的人置于一旁,老百姓就会服从了;把邪恶不正的人提拔起来,把正直无私的人置于一旁,老百姓就不会服从统治了。"

季康子问道:"要使老百姓对当政的人尊敬、尽

 论 语

忠而努力干活,该怎样去做呢?"

孔子说:"你用庄重的态度对待老百姓,他们就会尊敬你;你对父母孝顺、对子弟慈祥,百姓就会尽忠于你;你选用善良的人,教育能力又差的人,百姓就会互相勉励,加倍努力了。"

【故事】

刘邦任用贤能治国

汉高祖刘邦,是我国历史上杰出的政治家、战略家、指挥家。

有一天他正在军营中洗脚,军士传报营门外有儒生求见,刘邦不见;这位儒生不经同意,直闯营门,冲着刘邦的面说:"你为什么这样轻视读书人?"

刘邦说:"天下可以马上得之,要读书人干什么?"

这位读书人当即反问他:"天下可以马上得之,

天下也能马上治之吗?"刘邦听后，深受触动，立即和颜悦色，向这位读书人施礼道歉，并请他上座。

刘邦胜利之后，有一天问臣子："你们说，我为什么能打败项羽?"这些臣子只是说些拍马奉承的话。

刘邦听后摇头说："我所以能打败项羽，主要靠三位人才。出谋划策，我不如张良。制订典章法令，我不如萧何。带兵打仗，我不如韩信。此三人皆为人中豪杰，均能为我所用，这是我战胜项羽的主要原因，而项羽只有一个范增也不用，所以他注定要失败。"

功不可没的天文学家刘焯

刘焯非常聪明，在少年时代，先后跟从多位老师学习《诗经》、《左传》、《周礼》、《仪礼》和《礼记》，就显现出极好的天资。但这些老师们的讲课水平根本不能满足他的求知欲望，每次未等学业结束就离开了。

 论　语

后来，刘焯帮一位藏书家整理典籍，竟是一下埋头10年。渐渐地，刘焯变成了一个精神上的富人，并因深通儒家学说而远近闻名。

580年，刘焯因有学名，进京参加了编纂国史、议定乐律和历法的工作。这期间，刘焯对《九章算术》、《周髀算经》、《七曜历书》等10多部涉及日月运行、山川地理的著作悉心研究，后来写出了《稽极》、《历书》和《五经述议》天文名著。

当别人读到他的书中那些新颖的观点和独到的见解时，不计其数的儒者和年轻学生纷纷以他为偶像，不远千里前来当面求教。

当时有人评论刘焯说:"几百年来,学识渊博、精通儒学的人,没有能够超过他的。"

582年,《三体石经》从洛阳运至京师。《三体石经》建于三国时期,因碑文每字皆用古文、小篆和汉隶3种字体写刻,所以叫《三体石经》。因年代久远,文字多有磨损,难以辨认,朝廷召群儒考证。

论证期间,刘焯以自己的真知灼见,力挫诸儒,令所有人震惊。

谁知官场风云变幻莫测,就在论证《三体石经》后不久,38岁的刘焯却因此而遭遇诽谤,罢官回乡。回到家乡后,刘焯曾再被召用,但又再被罢黜。

经历挫折之后,刘焯不再问政事,专心著述,先后写出《历书》、《五经述义》等若干卷,广泛传播,名声大振。

据史书载:"名儒后进,博学通儒,无能出其右者。"他的门生弟子很多,成名的也不少,其中衡水县的孔颖达和盖文达,就是他的得意门生,两人后来成为唐初的经学大师。

隋炀帝即位,刘焯被重新启用,任太学博士。刘焯精通天文学,他发现当时的历法多存谬误,多次建

议修改。600年,他终于创制出了《皇极历》,在天文学研究领域达到了世界领先水平。

创立了"等间距二次内插法公式":在《皇极历》中,刘焯首次考虑到太阳视运动的不均性,创立"等间距二次内插法公式"来计算日、月、五星的运行速度。推日行盈缩,黄道月道损益,日月食的多少及出现的地点和时间,这都比以前诸历精密。"定朔法"、"定气法"也是他的创见。

这些主张,直至1645年才被清朝颁行的《时宪历》采用,从而完成了我国历法上第五次也是最后一次大改革。

力主实测地球子午线:刘焯之所以力主实测地球子午线,源起是我国史书记载说,南北相距500千米的两个点,在夏至的正午分别立一根8尺长的测杆,它的影子相差一寸,即"千里影差一寸"说。

刘焯第一个对此谬论提出异议,但当时没被采取,直至后来,唐代张遂等于724年实现了刘焯的遗愿,并证实了刘焯立论的正确性。

较为精确地计算出岁差:所谓岁差,就是春分点逐渐西移的现象,即假定太阳视运动的出发点是春分点，一年后太阳并不能回到原来的春分点，而是差一小段距离。刘焯计算出了春分点每75年在黄道上西移一度。而此前晋代天文学虞喜算出的是50年差1度，与实际的71年又8个月差1度相比，这个数值已经相当精确，在此后的唐、宋时期，大都沿用刘焯的数值。

由于刘焯所著历书与当时权威人士太史令张胄玄的天文、历数观点多有不同，因此，呕血而成的《皇极历》被排斥不得施行。

然而该书提供的天文历法在当时是最先进的，历史证实刘焯研究天文学已有相当高的水平。后来的唐初的李淳风，依据《皇极历》造出《麟德历》被推为古代名历之一。

刘焯的创见和一些论断虽然在当时未被采纳，却在后世被接受，在他的研究基础上发展、改进。因而他对科学的贡献是不容磨灭的。

唐代杰出天文学家一行

一行少时聪敏，博览经史，尤精于天文、历象、阴阳五行之学。20岁时，他得到京都一位著名道人赠送的一本由西汉扬雄所著的《太玄经》，一行很快即通达其旨，并写出《太衍玄图》、《义诀》各一卷，阐释晦涩难懂的《太玄经》。从此名声大振。

705年，武则天的侄子武三思听说一行的大名，为赢得"礼贤下士"的美名就有意拉拢他。一行不愿为之所用，又怕因此而遭到迫害，于是在21岁时弃俗，逃到河南嵩岳寺剃度出家，取法名为"一行"。武则天退位后，唐王朝多次召他回京，均被拒绝。

712年，唐玄宗命一行主持修编新历。从此，一行就开始专门从事天文历法的工作。

723年，为了测定星体位置的需要，一行与人研制成黄道游仪、"水运浑天仪"。

724年。一行根据修改旧历的需要，又组织领导了我国古代第一次天文大地测量，也是一次史无前例、世界罕见的全国天文大地测量工作。

725年，善无畏来长安弘教，一行帮助善无畏共同翻译《大日经》7卷等，并单独著有《大日经疏》20卷。《大日经疏》对我国密教学的研究产生很大的影响，在我国密教史上起了很大作用。

727年9月，一行卧病不起。10月8日在长安华严寺圆寂。唐玄宗痛悼，叹道："禅师舍朕！"追赐其谥号为"大慧禅师"，并亲自为大慧禅师撰写碑文。

作为杰出天文学家，一行在历法和天文方面取得了辉煌的成就。

在历法方面，一行编定了很有影响的《大衍历》。《大衍历》以刘焯的《皇极历》为基础，并进一步发展了《皇极历》。《大衍历》共分为7篇，即《步中朔术》、《步发敛术》、《步日躔术》、《步月离术》、《步轨漏术》、《步交会术》和《步五星术》。

《大衍历》发展了前人岁差的概念，创造性地提出了计算食分的方法，发现了不等间距二次内插法公式、新的二次方程式求和公式，并将古代"齐同术"即通分法则运用于历法计算。

《大衍历》于729年颁布实行，并一直沿用达800

年之久。经过验证，《大衍历》比当时已有的其他历法，如祖冲之的《大明历》、刘焯的《皇极历》、李淳风的《麟德历》等要精密、准确得多。

《大衍历》作为当时世界上较为先进的历法，相继传入日本、印度，并在这两国也沿用近百年，极大地影响了这两个国家的历法。

在天文方面，一行取得了很大成就。一行通过长期的天文观测发现了恒星移动的现象，进一步发现和认识了日、月、星辰的运动规律，废弃了沿用长达800多年的二十八宿距度数据，并在历史上第一次提出了月亮比太阳离地球近的科学论断。

一行还制成水运浑天仪、黄道游仪。当时有个率府兵曹参军梁令瓒设计了一个黄道游仪，并已经制成了该仪器的木头模型。在一行的支持和领导下，用铜铸造成此仪器。

这台仪器既可以用来测定每天太阳在天空中的位置，也可以用来测定月亮和星宿的位置。同年，一行和梁令瓒等人在继承张衡"水运浑象"理论的基础上又设计制造了"水运浑天仪"。

水运浑天仪上刻有二十八宿，注水激轮，每天一周，

恰恰与天体周日视运动一致。水运浑天仪一半在水柜里，柜的上框。整个水运浑天仪既能演示日、月、星辰的视运动，又能自动报时。这是世界上最早的计时器，比外国自鸣钟的出现早了600多年。一行等人所创造的成就远远超过了张衡。

一行还首次用科学方法实测地球子午线，居世界领先地位。他组织了一批天文工作者利用这两台仪器进行天文观测，取得了一系列关于日、月、星辰运动的第一手资料。

他还组织人力在全国各地测量日影，实际上这就

是对地球子午线的测定,这是一行在天文学上最重要的贡献。

一行还主持全国范围内的大规模天文大地测量。这项工作是为了使新历法《大衍历》能普遍适用于全国各地。

一行在全国选择了 12 个观测点,并派人实地观测,自己则在长安总体统筹指挥。其中负责在河南进行观测的南宫说等人所测得的数据最科学和有意义。

一行他们选择了经度相同、地势高低相似的 4 个地方进行设点观测,分别测量了当地的北极星高度,冬至、夏至和春分、秋分四时日影的长度,以及四地间的距离。

最后经一行统一计算,得出了北极高度差 1 度,南北两地相距 351 里 80 步,即现在的 129.2 千米的结论。这虽然与现在 1 度长 111.2 千米的测量值相比有较大误差,但这是世界上第一次用科学方法进行的子午线实测,在科学发展史上具有划时代的意义。

对于一行组织的子午线长度测量,著名科技史专家李约瑟的评价是:"科学史上划时代的创举。"

一行在天文和历法上所取得的卓越成就在人类文明史上占有重要地位,而且他所重视的实际观测的科学方法，极大地促进了天文学的发展。在他之后，实际观测就成了历代天文学家从事学术研究时采用的基本方法，引导着学者们破解了一层层的天文奥秘。

明太祖知恩报乞丐

儒家知恩图报伦理思想经历了漫长的历史发展，传统伦理道德早已根植人心。至元末明初，即使当时正经历着翻天覆地的变化，但中华民族的有恩必报意识依然是那么的强烈。明太祖朱元璋就是一个知恩图报的典型例证。

那是在元代末年一个风雨交加的夜晚，一个秃头和尚跌跌撞撞地闯进了一座破庙，刚推开庙门，就一头栽在地上，晕了过去。庙里住着4个乞丐，正在煮汤喝，见到和尚晕倒过去，连忙将他抬到火堆边，用刚刚熬好的汤喂给他，好让他暖暖身子。

过了一会儿，和尚醒过来，见到旁边有吃的，不管三七二十一抢过汤锅就一顿猛吃，不一会就吃了个

精光。

3个小乞丐见状勃然大怒,叫嚷道:"你这和尚太不懂事,我们辛苦要来的食物,你怎么能一个人都吃光?"说完就要揍他。

一个老乞丐连忙劝住大家:"这个人正在生病,多吃点就多吃点吧,何况已经吃光了,即便揍他一顿又有什么用呢!"说完将和尚安顿在破庙的一个角落里休息。

和尚觉得刚才吃得很香,就问老乞丐说:"请问,这是什么东西做的?怎么这么好吃?"

老乞丐笑着说:"都是些剩菜剩饭,不过我们都叫它'珍珠翡翠白玉汤'。"

和尚心里记住这个名字,并问老乞丐姓名,说以后一定报答他。老乞丐连连摇头,却始终没有告诉和尚他的真实姓名。

第二天清晨,乞丐睡醒后突然发现那个和尚不见了,连带着那个汤锅也不见了踪影。大家都知道是那个和尚干的,纷纷咒骂不停,只有老乞丐不吱声。

许多年过去后,当年的和尚成了大明帝国开国皇帝,他就是明太祖朱元璋。

论语

朱元璋出生于安徽凤阳，当年这里缺水，十年九荒，经济十分落后。在这个艰难的环境下，朱元璋出家做了和尚，后来又到处流浪乞讨。破庙里的故事就是在流浪期间发生的。

朱元璋最后投在郭子兴旗下。郭子兴见朱元璋状貌奇伟，异于常人，遂留置为亲信兵，屡次率兵出征，有攻必克。

1368年正月，朱元璋在应天称帝，他就是明太祖。这一天，明太祖忽然想起了落魄时吃过的那顿汤，就命人四处张贴皇榜，重金寻找会做"珍珠翡翠白玉汤"的人。

皇榜发出之后几个月，那4个乞丐偶然听到了这个消息，这才知道当今皇帝竟然是当年的落魄和尚，欢呼雀跃。他们想，当年怎么说也救过皇帝一命，这回要是能进京见到皇帝，一定能得到赏赐。

于是，3个小乞丐就嚷着要进京，但老乞丐不但不想去，还处处阻拦不让他们去，神态渐渐有些疯癫，不是偷他们的铜钱，就是撕破他们的衣服，打破煮饭的锅碗。3个小乞丐气恼不过，狠狠揍了老乞丐一顿后，这才上京觐见皇帝。

明太祖热情地接见了小乞丐们，确认是当年破庙的乞丐后，高兴地赏赐他们每人一份厚礼，并追问老乞丐的下落。

3个小乞丐看着手里的金银，心里却记恨老乞丐阻挡他们获取荣华富贵的恶行，又担心老乞丐得到比他们更多的赏赐，就异口同声地说老乞丐病死了。

明太祖连连惋惜，下旨追封老乞丐为"天下第一义丐"，并要求3个小乞丐为群臣做一次"珍珠翡翠白玉汤"。

3个小乞丐拿出毕生所学，按照这么多年的一贯做法，用白菜帮子、烂菜叶子、馊米饭做成了那道让群臣闻名已久的"珍珠翡翠白玉汤"。

第二天,皇帝大宴群臣,主菜就是那道著名的"珍珠翡翠白玉汤"。谁知,大臣们非但不说好喝,几个侍郎竟然当庭呕吐不止。有的大臣身体原本虚弱,吃了这个汤,连连呕吐,竟然不省人事。

明太祖勃然大怒,痛斥小乞丐们冒名顶替,谋害大臣,最后以欺君之罪将3个小乞丐治了罪。

早已逃离破庙的老乞丐闻知此事,就上京要求面见圣上。几番周折,他终于见到了皇上。

明太祖对老乞丐说:"怪我事务比较繁忙,竟没有早些找到您。现在好了,您可以享享福了!"说完,也请老乞丐做那道"珍珠翡翠白玉汤"。

老乞丐很聪明,他暗想:皇上其实已经对真的"珍珠翡翠白玉汤"不感兴趣,我不妨来个仿制品碰碰运气。因此,他便以鱼龙代珍珠,以红柿子切条代翡,以菠菜代翠,以豆腐加馅代白玉,并浇以鱼骨汤。

老乞丐将此菜献上之后,明太祖和群臣一吃,感觉味道好极了,明太祖更是感觉与当年给他吃的一样美味。

 论 语

吃过了"珍珠翡翠白玉汤",朱元璋说:"皇榜上说得清楚,有会做珍珠翡翠白玉汤者,重重有赏。今天您做的'珍珠翡翠白玉汤'味道鲜美,我和众爱卿一致赞扬。那就赏你白银 5000 两,回去娶媳妇,买点地,好好过日子吧!"

老乞丐得了赏钱后,便告病回家了,并且把这道当今皇帝喜欢的菜传给了凤阳父老。

明成祖建寺报母恩

明太祖朱元璋不忘大恩报答乞丐,似乎也感染了他的儿子朱棣。朱棣是明代第三位皇帝,即明成祖,是朱元璋的第四子,他不忘母亲养育之恩,建寺纪念母亲。

南京曾经有一座非常雄伟漂亮的大报恩寺,据史料记载,它是由明成祖朱棣建造,建寺的目的是为了纪念他的母亲。

1399 年,朱棣登上帝位后,当时南京城内曾经谣

言四起，有人说他篡位，也有人说他不是朱元璋的原配夫人马皇后所生，血缘不正统。

为了安定人心，证明自己出身正统，朱棣决定在南京建造大报恩寺以及琉璃塔，以感谢母亲马皇后的"养育之恩"。

然而，奇怪的是，寺庙建好后，其中的一座正殿却一直大门紧闭，里面供奉着什么谁也说不清。直至清军入关，明朝亡后，这座大殿的神秘面纱才被揭开。原来，大殿里供奉的不是马皇后，而是碽妃的牌位。

碽妃是朱元璋的一位妃子。据明代的史料记载，"碽妃，生成祖文皇帝"，意思是说，碽妃才是明成祖朱棣的亲生母亲。

据说，碽妃生下朱棣后不久又再次怀孕，可惜怀胎不足 10 月便早产了。在现代人看来，

早产是很平常的事情，但在当时妇女早产往往被视为不忠。朱元璋怀疑硕妃与他人通奸，于是处死了硕妃。

硕妃为朱元璋生了两个儿子以后便含冤死去。为了报答生母硕妃的生育之恩，朱棣特意修建了大报恩寺，但他在当时名义上说"为了感谢马皇后的养育之恩"，以制止人们的谣言。

工程于1412年开工，直至朱棣去世时还没有完工。工程竣工时，已是朱棣的孙子明宣宗朱瞻基在位时期。整个工程建造的时间长达17年，共耗银248万两。可见朱棣用心之诚。

朱棣为了修建大报恩寺的琉璃宝塔，从全国召集了大批的工匠在南京郊外的窑岗村一带，设立了72座官窑，烧造建塔所需的琉璃构件。

这些琉璃构件以陶土为胎，经过1200度的高温烧制后，在表面涂上金属含量不同的釉，然后再送入800度的低温窑中烧制，才能完成。

正是意识到琉璃烧造的难度，朱棣才下令让工匠每组构件都要烧制两份以上以备替换。琉璃构件均为陶质，上面施有黄、绿、赭等彩釉。因为釉层较厚，看上去流光溢彩，有着非常强烈的玻璃质感。这些光彩夺目的琉璃构件上还装饰着各种图案。

有的上面装饰有龙纹，呈扇形，由两部分拼接而成。上面雕刻的是呈行走状态的四爪龙，它圆目长角，口衔莲花，背部长有鳍，花叶形的龙尾，显得强劲有力。

有的琉璃构件上是一个美丽的飞天造型。飞天，在我国古人眼中是能歌善舞的仙人。琉璃构件上的飞天人首蛇身，脸庞饱满，双手合十，在卷草纹的衬托下，显得庄严而圣洁。

有的琉璃构件上浮雕着一头白象。白象卷鼻长牙，身上背负着莲座，正缓缓前行，它的背后同样衬有卷草纹图案。有的琉璃构件上有一只飞羊，飞羊腹部长着一对翅膀，前蹄跃起，好像要腾空飞翔。这只飞羊是佛教中护法神的仆从和坐骑。

南京大报恩寺建成以后，寺内高近80米的琉璃塔均采用五彩琉璃砖作装饰，非常华丽，是当时南京的标志性建筑。

大报恩寺琉璃塔的塔座为五色莲台，塔体共有9层，外形为八边形，塔的每层、每面都有一个拱门，

拱门用赤、橙、绿、白、青五色琉璃贴面，上面还装饰有飞天、雷神、狮子、白象和花卉等图案，造型十分华丽。

琉璃塔顶有黄金制成的宝顶，下面建有相轮和承盘。塔顶和每层飞檐下都悬挂风铃，每当清风袭来，风铃就会发出清脆的铃声。佛塔内还安置有146盏长明灯，这些油灯白天光亮耀日，夜晚如悬挂的火龙，数十里外都能看得见。

大报恩寺建成以后，成为当时江南地区的佛教中心。当时掌管全国佛教事务的机构僧录司就设在寺内。

南京大报恩寺在明清时期佛教界有着很高的地位，吸引着无数的信众前来膜拜。然而令人遗憾的是，1856年，也就是清代咸丰皇帝统治时期，大报恩寺和寺内的五彩琉璃塔毁于战火。

如今，我们只能通过这些精美的琉璃构件，来领略琉璃塔昔日的壮丽景象。但朱棣建寺报母恩的故事，在后世广泛流传。

宋濂一生坚守信义

除了明太祖朱元璋、明成祖朱棣不忘报恩外,明代儒生宋濂的坚守信义,同样值得大书特书。他是元末明初的著名学者,学识渊博,为人处世也非常讲信用。

宋濂从小时候起,就非常喜欢读书学习,钻研学问。但是他家里很贫穷,上不起学,连书都买不起,只好向有书的人借书读。宋濂学习十分刻苦,在学习条件相当困难的情况下,还是阅读了大量书籍。当他遇到好书的时候,爱不释手。可是书是借别人的,不能不还,于是他就夜以继日地把书抄写下来。

论语

　　冬天，有时天气特别冷，外面滴水成冰，室内也非常冷，连砚台都结了冰，手指也冻得几乎拿不住笔了，但是他仍然坚持加紧抄书，抄完之后，及时把书还回去，从来没有耽误过还书的日期。

　　由于宋濂诚实守信用，不少人都信得过他，才肯把书借给他读。那些藏书多的人家，原本就对求学者支持，所以常常把书借给他读。

　　宋濂成年时，当地能读到的书，他几乎都读遍了。可是求学的要求更加迫切了，就常常到百里以外的地方去寻师求学。他手拿着经书向有道德有学问的前辈求教。

　　前辈道德高，名望大，门人学生挤满了他的房间，宋濂就站着陪侍在他左右，提出疑难，询问道理，低身侧耳向他请教；有时遭到他的训斥，表情更为恭敬，礼节更为周到，不敢再说一句话；等到他高兴时，就又向他请教。就这样，最终还是得到不少教益。

　　在求学过程中，有时还要背着行李，赶不回去，就随便找个地方住下来，忍饥挨冻也不灰心。

　　有一次，宋濂和一位名师约定上门求学，正好碰上下大雪的天气。上路之后，雪越下越大，路上的积雪几尺深，但他为了不失约，顾不得天降大雪，还是步行赶去了。宋濂背着书箱，拖着鞋子，行走在深山大谷之中，严冬寒风凛冽，大雪深达几尺，脚上的皮肤受冻裂开都不知道。到学舍后，四肢冻僵了不能动弹。

先生的仆人很热心，见这个书生为了求学受苦，很受感动，就用热水给他浇洗，用被子围盖在他身上，过了很久才暖和过来。

宋濂在外地学习，有时寄居在客店里，生活很艰苦，为了节省开支费用，一天只吃两顿饭，衣服穿得补了又补，很破旧。但他以求知为快乐，别的什么都不在意。就这样，宋濂数十年如一日地刻苦求学，终于取得了成就，被朝廷重用，就任江南儒学提举。

宋濂曾被明太祖朱元璋誉为"开国文臣之首"，他与高启、刘基并称为"明初诗文三大家"。开私家藏书风气者，首推宋濂。

宋濂庆幸自己得以置身于君子的行列中，承受着天子的恩宠荣耀，追随在公卿之后，每天陪侍着皇上，听候询问。因此，他在官场一直坚守"信义"两字，严于律己，从不说半点假话。

有一次，宋濂曾经与客人饮酒，明太祖暗中派人

去侦探察看,以考察他的诚实度。第二天,问宋濂昨天饮酒没有,座中的来客是谁,饭菜是什么,宋濂都以实话回答。

明太祖笑着说:"确实如此,你没有欺骗我。"

宋濂说:"身为臣子,欺骗皇上,就犯了大逆。这绝不是为臣者该做的事情!"

明太祖曾经向宋濂问起大臣们的好坏,宋濂只举出那些好的大臣说说。明太祖问他原因,宋濂回答道:"好的大臣和我交朋友,所以我了解他们;那些不好的,我不和他们交往,所以不会了解他们。"

宋濂的回答,有一说一,有二说二,这让明太祖十分满意。

有一次,主事茹太素上奏章1万多字。因行文太长,明太祖听说以后,便询问朝中的一些臣子。有人指着茹太素的奏章,说有的地方不合法制。

明太祖问宋濂,宋濂回答说:"他只是对陛下尽忠罢了,陛下正广开言路,怎么能够重责他呢?"

不久,明太祖认真看了茹太素的奏章,觉得有值得采纳的内容。于是,又把朝臣都招来,斥责那些妄加评判的人。然后,口呼宋濂的字说:"如果没有宋

濂,我几乎错误地怪罪进谏的人。"

宋濂诚实做人做事,尽到了为臣之道,不仅受到明太祖的喜爱,也在同僚中树立了威信,更对明初的务实精神产生了积极的影响。

人而无信

或①谓孔子曰:"子奚②不为政?"子曰:"《书》③云:'孝乎惟孝,友于兄弟。'施④于有政,是亦为政,奚其为为政?"

子曰:"人而无信⑤,不知其可也。大车无輗⑥,小车无軏⑦,其何以行之哉?"

【注释】

①或:有人。不定代词。

②奚:疑问词,相当于"为什么"。

③《书》：指《尚书》。

④施：施行。

⑤信：在《论语》书中，信的含义有两种：一是信任，即取得别人的信任，二是对人讲信用。

⑥輗：古代大车车辕前面横木上的木销子。大车指的是牛车。

⑦軏：古代小车车辕前面横木上的木销子。小车指马车。没有和，车就不能走。

【解释】

有人对孔子说："你为什么不从事政治呢？"孔子回答说："《尚书》上说，'孝就是孝敬父母，友爱兄弟。'把这孝悌的道理在家里施行，也就是从事政治，又要怎样才能算是为政呢？"

孔子说："一个人不讲信用，是根本不可以的。就好像大车没有、小车没有一样，它靠什么行走呢？"

【故事】

锐意进取的秦汉文化

先秦自强不息、奋斗不已的顽强精神，在秦汉时期得以延续，这就是秦汉精神。它发扬光大了"天行健，君子以自强不息"的传统理念，以群体的方式，把自强不息的民族精神发挥到极致。

秦始皇统一天下后，没有贪图安逸享受，他依然雄心勃勃，东奔西跑，不停地出巡各地，以至于后来病死在出巡的途中。

据说，秦始皇出巡的动机很大一部分是因为有人告诉他"东南有天子气"。对于他来说，这就意味着另一个"天子"隐藏在世上，对秦帝国江山构成了威胁，他出巡就是要压住这一带的"天子气"。

当时的占星家说"天子气"盘踞在金陵之野。秦始皇东游至此，便动手整治金陵的地脉山形。他派人翻江倒海，造湖挖山。凡看起来有点气势的山峰统统

削平。

有人对他说，一些稀世的美玉珍宝能抵挡王者之气。他就不惜代价去金陵附近埋下了许多珍宝，并将金陵改名为"秣陵"。

据说，后世的人曾经在金陵掘得一个铜匣，长2.7尺，匣盖是用琉璃制成的，上面装饰以云母。匣中装着白玉如意。手柄部位刻着螭虎文蝇及蝉等图案。这就是秦始皇当年埋下的东西。

据说秦始皇在出巡时得到这样一个消息，说是大禹的九鼎在泗水出现了。九鼎历来是权力和威望的代名词。这鼎是周显王时沉于江水之中的。秦始皇认为，鼎在此时出现，足以证明自己的德行不亚于三皇五帝。

公元前219年，秦始皇巡游至彭城，斋戒祭祀之后，派数千名潜水的人入泗水寻鼎。但是，找了许久也不见鼎的踪影。

这时有人说，九鼎乃神物，不愿见秦始皇，便藏了起来；还有人说，鼎确实在泗水出现过，并有人看见，有一根绳索将鼎系着，在水波中时隐时现。后来，有一条龙大约知道秦始皇要捞鼎，就咬断了系鼎的绳索，九鼎从此就不再出现了。

秦始皇没捞着鼎很是沮丧，辗转向南，来到了洞庭湖。在渡湘水时，遇上了大风，忽而狂涛汹涌，波浪冲天。秦始皇无法渡水，以为是神灵有意和自己过不去，便问左右道："这里敬的是什么神？"

随从的一位博士答道："听说是尧之女，名娥皇、女英，死于此地，封为湘水之神，今兴风作浪，大约是她们发泄幽怨的缘故吧！"

秦始皇本来就不高兴，不听则已，一听勃然大怒，下令发3000名刑徒来到洞庭湖畔的湘山，遍伐山上树木。又令放火烧山，使湘山不留一草一木。

其实，古往今来，湘神在人们心目中一直是善良忠贞的美好形象。湘神是帝尧的两个女儿，姐妹两人同时嫁给舜帝做妃子。

舜南巡死于苍梧之野，她们千里寻夫不遇，姐妹俩悲恸欲绝，泣泪成血，不久便忧患而死。她们的哭声感动了天地鬼神，泪水洒在竹子上，就留下了永生永世消失不了的斑痕，后世称之为"湘妃竹"。

后来，秦始皇学着做神仙，认定自己已有一定神功，便在君山的石壁上刻了几颗大印以封湘山，试图镇住湘神，使之永世不得兴风作浪。

时至今日，尚有两枚石刻的大印，保留在岳阳市君山面临洞庭湖的绝壁之上，印有篆体阴刻"永封"两字。石印各长1.2米，宽0.8米，字迹苍劲有力。

秦始皇这种不畏天命、敢于向神灵挑战的精神，正是雄伟的万里长城、阿房宫、十二金铜巨像、力士孟贲像的思想基础，也就是排列齐整、声威雄壮的秦陵俑马所要表现的精神。

秦陵俑马从整体上看，也许远不及后世那样精巧、细腻，而以拙重、粗犷为特色，然而正是这种"客观简朴性",成为了秦汉时期文化精神的象征。

这个雕塑的风格不是偶然的,它正是这一时期中华民族顽强的生命力,强烈的开拓,征服欲望的形象写照。它继承了远古以来,华夏民族所表现出来的注重人力,与自然抗争的崇高精神。

至汉代,汉高祖刘邦"大风起兮云飞扬"的豪迈、苍劲的诗句表明,汉代文化精神就是在秦代激越、高亢的基调里行进的。

汉代初期曾一度流行的所谓"黄老之学",但这种主柔守雌的思想并非西汉王朝的真意,而是为了适应当时形势的权宜之计,"无为"是策略,为的是大有所为。普遍的尚武,也是积极进取精神的表现之一。

从汉武帝刘彻开始,羽翼丰满,国力强盛,于是便抗击匈奴、交通西域,创立了不朽业绩。秦汉时期的文化精神恰当地表现了征服自然,征服物质世界,开拓空间,占据空间的时代。

事实上,如果沿着秦汉文化精神中的阳刚之气追溯下去,就会发现早在远古神话里,就体现出了我们民族在早期的那种大气磅礴,与自然抗争以求生存的文化精神。如"精卫填海"、"女娲补天"、"夸父追日"、"愚公移山"、"后羿射日","共工怒触不周山"等就是最好的说明。

总之,秦汉时期的文化精神是积极进取、刚健有为的。这种精神也正是《周易》里"天行健,君子以自强不息"以及《荀子》里"制天命而用之"的思想在现实中的表现。

司马迁身残志坚著史

秦汉时期以群体方式演绎自强不息的民族精神,不仅包括秦始皇、汉武帝这样的帝王,还包括像司马迁这样的意志坚定者。

司马迁是西汉时期伟大的史学家和文学家。为了完成被鲁迅称为"史家之绝唱,无韵之《离骚》"的《史记》,司马迁承受了常人所不能忍受的痛苦和折磨,而这一切的动力就是他心中的一个信念。

论 语

司马迁的少年时代是在家乡度过的，在自然环境里成长，对民间生活有一定体验。10岁时，他跟随当太史令的父亲司马谈到京都长安，开始诵读古文。

司马迁20岁开始漫游，几乎走遍全国各

地，访问了一些逸闻旧事，收集了丰富的史料。38岁时，继承父业，被任为太史令。得尽读史官所藏图书、秘籍、档案及各种史料。

在主持历法修改工作的同时，司马迁开始动笔写《太史公书》，即后来所称的《史记》。然而，就在司马迁全身心地投入撰写《史记》的工作之时，却飞来横祸。

公元前99年，汉武帝派宠妃李夫人的哥哥、二师将军李广利领兵讨伐匈奴，另派李广的孙子、别将李陵随从李广利押运辎重。李广带领步卒5000人出居延，孤军深入浚稽山，与单于遭遇。

匈奴以8万骑兵围攻李陵。经过8昼夜的战斗，李陵虽取得一定战果，但由于他得不到主力部队的后援，结果粮草断绝，孤军无援，不幸被俘。

李陵兵败的消息传到长安后，汉武帝本希望他能战死，后听说他却投了降，愤怒万分。满朝文武官员察言观色，趋炎附势，几天前还纷纷称赞李陵的英勇，现在却附和汉武帝，指责李陵的罪过。

汉武帝询问太史令司马迁的看法，司马迁一方面安慰汉武帝；一方面也痛恨那些见风使舵的大臣，尽力为李陵辩护。

他对汉武帝说："李陵只率领5000步兵，深入匈奴，孤军奋战，杀伤了许多敌人，立下了赫赫功劳。在救兵不至、粮草断绝、走投无路的情况下，仍然奋勇杀敌。就是古代名将也不过如此。李陵自己虽陷于失败之中，而他杀伤匈奴之多，也足以显赫于天下了。他之所以不死，而是投降了匈奴，一定是想寻找适当的机会再报答汉室。"

司马迁的意思似乎是李广利没有尽到他的责任。可这些话，不但没能救得了李陵，反而把自己也拖进了矛盾的漩涡。汉武帝认为，司马迁是在为李陵辩护,贬低劳师远征、战败而归的爱妃的哥哥李广利,于是下令将司马迁打入大牢。

司马迁在狱中反复不停地问自己:"这是我的罪吗?这是我的罪吗?我一个做臣子的,就不能发表点意见?"因此,被关进监狱以后,面对酷吏,他始终不屈服,也不认罪,最后被汉武帝判了死刑。

据西汉时期的刑法,死刑有两种减免办法:一是拿50万钱赎罪;二是受"腐刑"。腐刑既残酷地摧残人体和精神,也极大地侮辱人格。

司马迁官小家贫,当然拿不出这么多钱赎罪。他当然不愿意忍受这样的刑罚,悲痛欲绝的他甚至想到了自杀。可后来他想到,人总有一死,但死"或重于泰山,或轻于鸿毛",死的轻重意义是不同的。他想到了孔子、屈原、左丘明和孙膑等人,想到了他们所受的屈辱以及所取得的骄人成果。司马迁顿时觉得自己浑身充满了力气,他毅然选择了腐刑。

司马迁身受腐刑,百代伟人在奇耻大辱中诞生!他在监狱中度过非人的3年。受刑后,司马迁屈辱地活着,就是为了要把各种各样的人都写进《史记》。他把自己的耻辱磨砺成为深刻洞察力,审视历史浮

沉,评论人物功过;他把自己非人的痛苦体验提炼成修为,从容于笔端,呈现于字里行间。于是,一部震烁古今的《史记》横空出世。

司马迁躯体残缺,却具有刚健的雄风,散发着强烈而又罕见的自由气息,是中华民族自强不息精神的典范。他用自己的屈辱和坚强,换来的是民族应有的尊严,为中华民族的史学和文学做了巨大贡献。

张骞冒险去西域

司马迁身残志坚著史书令人感动,张骞两次去西域则令人赞叹。张骞去西域,被史家誉为"凿空",表明这是一次空前绝后的探险。张骞等人历尽千难万险而百折不挠,体现了中华民族勇毅进取的精神。

张骞为什么要去西域,而且还要冒那么大的风险呢?

公元前139年,西汉朝廷为遏制匈奴屡次犯边,拟联合大月氏夹击匈奴,汉武帝派张骞去西域。对于未知的路途与危险，连汉武帝也在怀疑张骞一行人能否回来。

张骞一行人从长安出发，经陇西向西行进，一路日晒雨淋，风吹雪打，环境险恶，困难重重，没有顽强的毅力和坚定的信念的人是无法坚持下来的。

正当张骞一行匆匆穿过河西走廊时，不幸碰上匈奴的骑兵队，全部被抓获。匈奴的右部诸王将立即把张骞等人押送到匈奴王庭，见当时的军臣单于。单于得知张骞要去大月氏后，他是无论如何也不容许汉使通过匈奴人地区，去进行这种活动的。于是，张骞一行被扣留和软禁起来。

匈奴单于为软化、拉拢张骞，打消其去大月氏的念头，进行了种种威逼利诱，还给张骞娶了匈奴的女子为妻，生了孩子。又把一家人分散开去放羊牧马，严加管制。

匈奴单于的计谋均未达到目的。因为张骞始终没有忘记汉武帝所交给自己的神圣使命，没有动摇他去大月氏的意志和决心。张骞等人在匈奴一直留居了10年之久。

公元前129年，匈奴单于的监视渐渐有所松懈。

论 语

一天,张骞趁匈奴人不备,果断地带领随从,逃出了匈奴王庭。

这种逃亡是十分危险和艰难的。幸运的是,在匈奴的10年留居,使张骞等人详细了解了通往西域的道路,并学会了匈奴人的语言,他们身穿匈奴服装,很难被匈奴人查获。因而他们较顺利地穿过了匈奴人的控制区。

张骞在留居匈奴期间,西域的形势已发生了变化。大月氏的敌人乌孙,在匈奴支持和唆使下,西攻大月氏。大月氏人被迫又从伊犁河流域,继续西迁,

进入咸海附近的妫水地区，征服大夏，在新的土地上另建家园。

张骞大概了解到这一情况。他们经车师后没有向西北伊犁河流域进发，而是折向西南，进入焉耆，再溯塔里木河西行，过库车、疏勒等地，翻越葱岭，直达大宛。路上经过了数十日的跋涉。

这是一次极为艰苦的行军。大戈壁滩上，飞沙走石，热浪滚滚；葱岭高如屋脊，冰雪皑皑，寒风刺骨。沿途人烟稀少，水源奇缺。加之匆匆出逃，物资准备又不足。

张骞一行，风餐露宿，备尝艰辛。干粮吃尽了，就靠善射的堂邑父射杀禽兽聊以充饥。不少随从或因饥渴倒毙途中，或葬身黄沙、冰窟，献出了生命。

张骞到大宛后，向大宛王说明了自己去大月氏的使命和沿途种种遭遇，希望大宛能派人相送，并表示今后如能返回长安，一定奏明汉皇，送他很多财物，重重酬谢。

大宛王早就想与朝廷往来，但苦于匈奴的中梗阻碍，未能实现。张骞的一席话，使他动心。于是满口答应了张骞的要求，热情款待后，派了向导和译员，

论语

将张骞等人送到康居。康居王又遣人将他们送至大月氏。

不料，这时的大月氏人，由于新的国土十分肥沃，物产丰富，并且距匈奴和乌孙很远，外敌寇扰的危险已大大减少，已经改变了态度。当张骞向他们提出建议时，他们已无意向匈奴复仇了。加之，他们又认为朝廷离大月氏太远，如果联合攻击匈奴，遇到危险恐难以相助。

张骞等人在大月氏逗留了一年多，但始终未能说服大月氏人与朝廷联盟，夹击匈奴。在此期间，张骞曾越过妫水南下，抵达大夏的蓝氏城。公元前128年，动身返国。

在归途中，张骞为避开匈奴控制区，改变了行军路线。计划通过青海羌人地区，以免匈奴人的阻留。于是重越葱岭后，他们不走来时沿塔里木盆地北部的"北道"，而改行沿塔里木盆地南部，循昆仑山北麓的"南道"。从莎车，经于阗、鄯善，进入羌人地区。

出乎意料的是，这时的羌人也已沦为匈奴的附庸，张骞等人再次被匈奴骑兵所俘，又扣留了一年多。

公元前 126 年初，军臣单于死了，其弟左谷蠡王伊稚斜自立为单于，进攻军臣单于的太子于单。于单失败逃汉王朝。张骞便趁匈奴内乱之机，带着堂邑父回到长安。

这是张骞第一次去西域，从公元前 139 年出发，至公元前 126 年归汉，共历 13 年。出发时是 100 多人，回来时仅剩下张骞和堂邑父两人。所付出的代价是何等高昂。

张骞第一次去西域，既是一次极为艰险的外交旅行，同时也是一次卓有成效的科学考察。张骞第一次对广阔的西域进行了实地调查研究工作。他不仅亲自访问了位处新疆的各小国和中亚的大宛、康居、大月氏和大夏诸地，而且从这些地方又初步了解到乌孙、奄蔡、安息、条支、身毒等地的许多情况。

回长安后，张骞将其见闻，向汉武帝作了详细报告，对葱岭东西、中亚、西亚，以至安息、印度诸国的位置、特产、人口、城市、兵力等，都作了说明。

这个报告的基本内容为司马迁在《史记·大宛传》中保存下来。这是我国和世界上对于这些地区第一次最翔实可靠的记载，至今仍是世界上研究上述地

区和国家的古地理和历史的最珍贵的资料。

汉武帝对张骞这次去西域的成果,非常满意,特封张骞为太中大夫,授堂邑父为奉使君,以表彰他们的功绩。

张骞还向汉武帝报告了另外一个情况。张骞推断,大夏位居西南,距长安1.2万里,身毒在大夏东南数千里,从身毒到长安的距离不会比大夏到长安的距离远。而四川在长安西南,身毒有蜀的产物,这证明身毒离蜀不会太远。

张骞的推断,从大的方位来看是正确的,但距离远近的估计则与实际情况不合。当然,在近2000年前张骞达到这样的认识水平,也是难能可贵的。

张骞根据自己的推断,向汉武帝建议,派人南下,从蜀往西南行,另辟一条直通身毒和中亚诸国的路线,以避开通过羌人和匈奴地区的危险。

汉武帝基于沟通同大宛、康居、大月氏、印度和安息的直接交往,扩大自己的政治影响,彻底孤立匈奴的目的,欣然采纳了张骞的建议,并命张骞去犍为郡亲自主持其事。

公元前122年,张骞派出4支探索队伍,分别从四川的成都和宜宾出发，向青海南部、西藏东部和云南境内前进。他们最后的目的地都是身毒。

四路使者各行约一两千里，分别受阻于氐、榨和禹、昆明少数民族地区，未能继续前进，先后返回。张骞所领导的由西南探辟新路线的活动，虽没有取得预期的结果，但对西南的开发是有很大贡献的。

张骞派出的人，已深入滇越。汉使们了解到，在此以前，蜀的商人已经常带着货物去滇越贸易。同时还知道住在昆明一带的少数民族"无君长"，"善寇盗"。

由于昆明人的坚决阻挠，使得朝廷的使臣不得不停止前进。至公元前 111 年，汉王朝正式设置胖柯、越侥、沈黎、汶山、武都等郡，以后又置益州、交趾等郡，基本上完成了对西南地区的开拓。

在张骞第一次到西域返回长安后，朝廷抗击匈奴侵扰的战争已进入了一个新的阶段。探险西南的前一年，张骞曾直接参加了对匈奴的战争。

从公元前 127 年至公元 119 年，汉武帝派名将卫青、霍去病对匈奴进行了 3 次大规模的战争，收复河西地区，并设武威、酒泉、张掖、敦煌等郡。这些军

事行动,保证了张骞第二次去西域。

公元前119年,汉王朝为断"匈奴右臂"联络乌孙抗击匈奴,汉武帝任张骞为中郎将,第二次去西域。张骞带300多人顺利来到乌孙,并派副使查看了康居、大宛、大月氏、大夏、安息、身毒等地。

张骞达到乌孙时,这里正在内乱,加之乌孙朝野素来畏惧匈奴,不敢与朝廷结盟。不过乌孙王答应与朝廷来往,并携带几十匹著名的乌孙马,于公元前115年抵达长安,先后历时4年。

同时,张骞派出的副使都圆满完成任务,和各地人员一同返回长安。朝廷与西域各地方政权的友好往来正式建立了。至公元前60年,朝廷在轮台设西域都护府,领有天山以南的地区,乌孙也归汉王朝管辖。至此,陆上丝绸之路的东段完全打通。

张骞历尽艰辛到达了西域,有利于人类进步和文化交流。以后,中外使者、商人,沿着张骞开通的友好道路,来往络绎不绝。

西域出产的葡萄、核桃、大蒜等传入汉地,汉族的农业生产、打井、炼铁技术传到西域;西域的音乐、舞蹈、绘画、杂技传入汉地,汉族的丝绸等产品

走进西域。丰富了各国人民的精神和物质生活。

张骞是我国古代乃至世界历史上杰出的探险家、旅行家和外交家。他两次通西域,长达 17 年,行程万里,沿途历尽艰险,备尝辛劳。

张骞艰险的西域之行,不仅促进了内地与新疆各族的友好关系,达到了孤立匈奴的目的,而且进一步沟通了西北陆上丝绸之路,促进了东西方经济文化的交流。

班超愤然投笔从戎

在张骞西域探险之后,东汉时期著名的军事家和外交家班超也曾到过西域。他投笔从戎后,以"三十六骑平西域"的杰出战绩,演绎了以夷制夷的时代旋律。

班超生于东汉时期扶风平陵,位于现在的陕西咸阳东北。班超从小就很有志向,不拘小节,而且品德很好,在家中每每从事辛勤劳苦的粗活,一点不感到

论语

难为情。

公元62年,班超的哥哥班固受朝廷征召前往担任校书郎,他便和母亲一起随从哥哥来到洛阳。由于家中贫寒,班超常常受官府所雇以抄书来谋生糊口,天长日久,非常辛苦。

有一次,班超停止工作,将笔扔置一旁叹息道:"身为大丈夫,虽没有什么突出的计谋才略,总应该学学在国外建功立业的傅介子和张骞,以封侯晋爵,怎么能够老是干这笔墨营生呢?"

周围的同事们听了这话都笑他。班超便说道:

"凡夫俗子又怎能理解志士仁人的襟怀呢?"

有一次,汉明帝问起班固:"你弟弟现在在哪里?"

班固回答说:"在帮官府抄书,以此所得来供养老母。"

于是汉明帝任命班超为兰台令史,后来因犯了过失而被免官。

公元 63 年,奉车都尉窦固带兵去与匈奴作战,任命班超为司马副官,让他率领一支军队去攻打伊吾。双方交战于蒲类海,班超取得了显著战果凯旋。窦固认为他很有才干,便派遣他随幕僚郭恂一起去西域。

班超到了鄯善,鄯善王接待他们礼节非常恭敬周到,但不久突然变得疏忽怠慢起来。

班超对他的随从人员说:"你们难道没觉察鄯善王的态度变得淡漠了吗?这一定是北匈奴有使者来到这里,使他犹豫不决,不知道该服从谁好的缘故。头脑清醒的人能够预见到还未发生的事情,何况现在已明摆着呢!"

于是班超找来一个服侍汉使的鄯善人,骗他说:"我知道北匈奴的使者来了好些天了,现在住在

哪里?"

这侍者慌张害怕,就将实情全都招认了。班超便关押了这个侍从,将一起出使的36个人全部召集起来,与大家一同喝酒。

等喝到非常痛快的时候,班超顺势用话煽动他们说:"你们诸位与我都身处边地异域,要想通过立功来求得富贵荣华。但现在北匈奴的使者来了才几天,鄯善王对我们便不以礼相待了。如果一旦鄯善王把我们缚送到北匈奴去,我们不都成了豺狼口中的食物了吗?你们看这怎么办呢?"

大家都齐声说道:"我们现在已处于危亡的境地,是生是死,就由你决定吧!"

班超便说:"不入虎穴,焉得虎子。现在的办法,只有趁今晚用火进攻匈奴使者了,他们不知我们究竟有多少人,一定会感到很害怕,我们正好可趁机消灭他们。只要消灭了他们,鄯善王就会吓破肝胆,我们大功就告成了。"

众人提议道:"应当和郭恂商量一下。"

班超激动地说:"是凶是吉,在于今日一举。郭恂是个平庸的文官,他听到这事必定会因为害怕而暴露我们的行动计划，我们便会白白送死而落下不好的名声，这就称不上是壮士了。"大家一致同意。

天一黑，班超就带领兵士奔袭北匈奴使者的住地。当晚正好刮起大风，班超吩咐10个人拿了军鼓，隐藏在屋子后面。相约一见大火烧起，就立刻擂鼓呐喊，其余人都带上刀剑弓箭，埋伏在门的两旁。

班超亲自顺风点火，前后左右的人便一起擂鼓呼喊。匈奴人一片惊慌。班超亲手击杀了3人，部下也斩得北匈奴使者及随从人员30多人，还有100多人被消灭。

第二天一早，班超才回去告诉了幕僚郭恂。郭恂一听大惊失色，但一会儿脸色又转变了，班超看透了他的心思，举手对他说："你虽未一起行动，但我班超又怎么忍心独占这份功劳呢？"郭恂这才高兴起来。

接着，班超就把鄯善王请来，将消灭北匈奴使者的事情给他看，鄯善上下震恐。班超趁势对鄯善王晓之以理，又安抚宽慰了他一番，于是接受鄯善王的儿子作为人质。

班超回去向窦固汇报，窦固十分高兴，上书朝廷详细报告班超的功劳，并请求另行选派人员到西域。

论 语

汉明帝很赞赏班超的胆识,就下达指令给窦固:"像班超这样得力的大臣,为什么不派遣他,而要另选别人呢?可以提拔班超做军司马,让他继续完成出使的任务。"

班超再次接受了使命,窦固想叫他多带些人马,他说道:"我只要带领原来跟从我的30余人就足够了,如果发生意外,人多了反而更增加累赘。"

当时,于阗王广德刚刚打败了莎车,于是声威大震,雄霸南道,而北匈奴又派了人来监护他。

班超西行,首先到达于阗,广德王态度礼节十分冷淡,而且这个国家的风俗很迷信神巫。神巫散布说:"天神发怒了,你们为什么想去归顺朝廷?汉使有一匹嘴黑毛黄的好马,你们赶快把它弄来给我祭祀天神!"

于阗王广德听了就差人向班超索取那匹骡马。班超暗中已得知这一阴谋,但仍满口答应献出此马,只不过提出要让神巫亲自来索取才行。

不一会儿神巫来到,班超立即砍下他的脑袋,亲自去送给于阗王广德,并就此事责备他。

广德早就听说班超在鄯善诛灭匈奴使者的事,因而非常不安，便下令攻杀北匈奴使者而归降班超。班超重重赐赏了广德及其臣下，于阗就这样安抚镇定了。

汉明帝去世后，焉耆借东汉国丧机会，攻陷西域都护陈睦的驻地。班超孤立无援，而龟兹、姑墨两地又屡发兵攻打疏勒。班超固守盘橐城，与疏勒王忠互为首尾，但兵少势单，一直坚守了一年多。

汉章帝当时刚刚登基，考虑到陈睦全军覆没，恐怕班超势孤力单，难以立足下去，就下诏召回班超。

班超出发回来时，疏勒上下都感到担心害怕，一个名叫黎弇的都尉说道："你若离开我们，我们必定会再次被龟兹灭亡。我实在不忍心看到你离去。"说罢就拔刀自杀了。

班超回来途中来到于阗，于阗王以下的人全都悲号痛哭说："我们依靠朝廷，就好比小孩依靠父母一样，你们千万不能回去。"而且还紧紧抱住班超座马的脚，使马无法前行。

班超看到于阗人民坚决不让他回去，又想实现自己最初的壮志，于是改变主意返回疏勒。

疏勒中有两座城池，自从班超离去后又重新投降

了龟兹，而与尉头联兵叛汉。班超捕杀了叛降者，又击破尉头，攻杀600余人，疏勒重新安定下来。

后来，班超率领疏勒、康居、于阗和拘弥等四方军队1万多人，攻占了姑墨的石城，杀敌700余人。班超想要就此平定西域各地，于是上奏朝廷，请求派兵。

奏章上达以后，汉章帝觉得这事情可以成功，就商议要派兵支援班超。平陵人徐干一向与班超志同道合，他上书给皇上，自告奋勇前去帮助班超。汉章帝就封徐干为假司马，让他率领减刑的罪犯和自愿出塞的兵士1000人赶赴班超驻地。

开始时，莎车以为汉兵不会到来，便投降了龟兹，而疏勒的都尉番辰也因此反叛，正好这时徐干率军赶到，班超就与他一起先打击番辰，大获全胜后活捉了很多俘虏。

班超攻破番辰之后，想乘胜进攻龟兹，但考虑到乌孙兵力强大，理应借助他的力量，于是又上书朝廷，建议派遣人去招抚慰问，以使乌孙能与朝廷同心协力，攻打龟兹。

汉章帝采纳了这个建议，晋升班超为将兵长使，并破格使用鼓吹幢麾，又晋升徐干为军司马。另外派遣卫侯李邑护送乌孙人回去，携带赠送给大小乌孙王及其部属的许多礼物。随后又派遣假司马和恭等人率领 800 名兵士前去协助班超。

班超发动疏勒、于阗兵攻打莎车王。莎车王暗地里派人串通疏勒王忠，以重利诱惑他，疏勒王忠便决定反叛，勾结莎车王西逃，固守乌即城。

班超于是另立疏勒王室的府丞成大为疏勒王，将不愿谋反的人全部调动起来攻打反叛王忠。双方相持了半年，因为康居王派精兵援救，班超难以攻取乌即城。

这时，月氏王与康居王联姻不久，关系很亲密，班超就派人赠送很多金银锦帛给月氏王，让他劝止康居王。康居王便撤了兵，还生俘了王忠，把他押回疏勒，乌即城便只好向班超投降。

后来，王忠去游说康居王，向他借兵回家，占领了损中，并暗中与龟兹勾结，派人向班超假投降。班超心里知道他们的阴谋，但表面上假装答应接受投降。王忠一听大喜，马上带领轻骑来见班超。

班超暗中埋伏下军队等候着，设下营帐，奏乐接待。酒过一巡之后，就高声喝令部下将王忠捆起来斩

首,并就势击溃王忠的随从,歼敌700余人。西域南道就此畅通无阻。随后,班超征发了于阗等地的军队2.5万人,再次攻打莎车,但龟兹王派左将军纠合了温宿、姑墨、尉头等地5万军队去援救莎车王。

班超召集了将校和于阗王商议道:"眼下我们寡不敌众,唯一的办法不如表面上各自散去,于阗军从这里向东而去,我军就从这里向西运动,可以等到昏黑鼓响后分头出发。"

如此安排过后,班超又暗中放松对俘虏的看管,以麻痹他们。龟兹王打探到汉军动向十分高兴,亲自率领1万骑兵赶到西边去拦截班超,另叫温宿王带领8000骑兵赶到东边去狙击于阗军。

班超得悉两支敌军已经分兵而出,便秘密地把各部兵力召集拢来,在鸡叫时分飞驰奔袭莎车军营。莎车军一片惊乱,四方奔逃,班超追击歼敌多人,缴获了大量的牲畜财物,莎车王于是只有投降。龟兹等地只好各自撤退。从此,班超威震西域。

班超少年时就有投笔从戎之志,后来去西域,用智用勇,以三十六骑创造奇迹,进而运用以夷制夷策略,为平定西域,促进民族融合做出了巨大贡献。

马援的誓言万丈豪气

秦汉时期继承的自强不息的民族精神,催发当时的人们昂扬上进。这在东汉王朝开国功臣马援身上也有鲜明的体现。马援在刘秀天下统一之后,虽已年迈,但其"老当益壮"、"马革裹尸"的气概甚得后人崇敬。

马援生于汉代扶风茂陵,就是现在的陕西兴平市窦马村。他12岁时跟人学习诗文,但其心不在章句上,学不下去。后来,他向长兄马况告辞,要到边郡去种田放牧。长兄很开明,赞同他的意向。

可没等马援动身,长兄去世,马援留在家中,为哥哥守孝一年。一年中,他没有离开过马况的墓地,对守寡的嫂嫂非常敬重,不整肃衣冠,从来不踏进家门。

马援在边郡时,种田放牧,能够因地制宜,多有良法,因而收获颇丰。当时,共有马、牛、羊几千,谷物数万斛。时日一久,不断有人从四方赶来依附

他。于是他手下就有了几百户人家，他带着这些人游牧于陇汉之间。

马援过的虽是转徙不定的游牧生活，但胸中之志并未稍减。他常常对宾客们说道：

丈夫立志，穷当益坚，老当益壮。

他把所有的财产都分给兄弟朋友，自己则只穿着羊裘皮裤，过着清贫的生活。

西汉末期，四方兵起，马援投身军旅生涯。光武帝刘秀帝即位后，马援借送信之机见到光武帝。光武帝赏其胆识，认为他与众不同。不久，光武帝南巡，让马援随行。南巡归来，又任命马援为待诏，日备顾问。

公元32年，光武帝自统军讨伐起兵拒汉的西州将军隗嚣，马援献计说："隗嚣的将领已有分崩离析之势，如果乘机进攻，定获全胜。"

马援命人取些米来，当下在光武帝面前用米堆成山谷沟壑等地形地物，然后指点山川形势，标示各路部队进退往来的道路，其中曲折深隐，无不毕现，对战局的分析也透彻明白。

光武帝特别高兴，说"虏在吾目中矣"。

遂快速进军，直进高平第一城。最后消灭了隗嚣军主力。马援"堆米为山"是此战取胜的重要原因，这在战争史上也是一个创举，具有重要的意义。

公元33年，马援被任命为太中大夫，统领诸军驻守长安。由于塞外羌族不断侵扰边境，不少羌族更趁中原混乱之际入居塞内。名将、战略家来歙就此事上书，说陇西屡有侵扰祸害，除马援外，无人能平。公元35年夏天，光武帝任命马援为陇西郡郡守。

马援一上任，便整顿兵马，派步骑3000人出征。先在临洮击败先零羌，斩首数百人，获马牛羊1万多。守塞羌人8000多，望风归降。

当时，羌族各个部落还有几万人在浩亹，即今大通河一带占据要隘进行抵抗，马援率兵进击，羌人将其家小和粮草辎重聚集起来在允吾谷阻挡汉军。马援率部暗中抄小路袭击羌人营地，羌人见汉军突如其来，大惊，远远地逃入唐翼谷中。

马援挥师追击，羌人率精兵聚集北山坚守。马援对山摆开阵势佯攻，吸引敌人，另派几百名骑兵绕到羌人背后，乘夜放火，并击鼓呐喊。羌人不知有多少汉军袭来，纷纷溃逃。马援大获全胜，但因为兵少，没有穷追敌人，只把羌人的粮谷和牲畜等财物收为汉军所有。

此战，马援身先士卒，飞箭将其腿肚子都射穿了。光武帝得知后，立即派人前往慰问，并赐给他牛羊数千。马援像往常一样，又把这些都分给了部下。战后，马援建议朝廷把从金城迁来的客民全都放回。放回的客民一共有 3000 多人，他们各自都返回了原籍。

马援又奏明朝廷，为他们安排官吏，修治城郭，建造工事，开导水利。鼓励人们发展农牧业生产，郡中百姓从此安居乐业。马援还派羌族豪强杨封说服塞外羌人，让他们与塞内羌族结好，共同开发边疆。

公元 37 年，参狼羌与塞外各部联合，杀死官吏，发动叛乱。马援率 4000 人前去征剿。部队行至氐道县境，发现羌人占据了山头。

马援命令部队选择适宜地方驻扎，断绝了羌人的水源，控制了草地，以逸待劳，不许出战。

羌人水草乏绝，陷入困境，首领们带领几十万户逃往塞外，剩下的1万多人也全部投降。从此，陇右清静安宁。

马援在陇西太守任上一共6年。由于他恩威并施，使得陇西兵戈渐稀，人们也逐渐过上了和平安定的生活。

马援治郡，务开恩信，宽以待下。他要求官吏务尽职守，自己从不过多干预，只是顾全大局而已。他家里总是宾客盈门，旧交满座。

马援回到朝廷后，屡次被接见。他须发明丽，眉目如画，善于应对，尤其善于叙述前代故事。在他口中，三辅长者、闾里少年，均有可观可听之处。皇太子、诸王听马援讲故事，从不感到厌倦。马援还善言军事，凡是马援提的建议，光武帝都予采纳。

东汉初年，交趾地区的征侧和征贰起兵反汉。征侧在麓泠自立为王，公开与东汉朝廷决裂。光武帝任命马援为伏波将军，此后，世人皆称马援为

论 语

"马伏波"。

马援统军沿海开进,遇山开路,长驱直入千余里,到达浪泊,与敌大战,攻破其军。汉军乘胜进击,在禁溪一带数败征侧,敌众四散奔逃。最后诛杀了征侧、征贰,战事胜利结束。朝廷封马援为新息侯,食邑 3000 户。

马援封侯没有自己庆贺,而是杀牛摆酒,犒赏将士。饮酒中间,他从容地对手下说,此战的胜利,全赖皇上英明,也靠的是将士齐心,个个奋勇。将士听后,敬佩不已,皆欢声雀跃。

接着,马援率大小楼船 2000 多艘,士兵 2 万多人,进击征侧余党都羊等,从无功一直打到巨风,平定了峤南。

马援见西于县辖地辽阔,有 3.2 万多户,边远地方离治所 1000 多里,管理不便,就上书给皇帝,请求将西于分成封溪、望海两县。皇帝采纳了这一建议。

马援每到一处,都组织人力,为郡县修治城郭,并开渠引水,灌溉田地,便利百姓。马援还参照汉代法律,对越律进行了整理,修正了越律与汉律相互矛盾的地方，并向当地人申明，以便约束。从此之后，当地始终遵行马援所申法律，所谓"奉行马将军故事"。

公元44年秋，马援率部凯旋回京。还没到京师，好多老朋友都去迎接他，慰问他。平陵人孟冀也在其中。孟冀以多智著称，他在席间向马援祝贺。

马援诚恳地对孟冀说道：

> 方今匈奴、乌桓尚扰北边，欲自请击之。男儿要当死于边野，以马革裹尸还葬耳。

孟冀大受教益。这便是"马革裹尸"的来历。

马援回到京城一个多月，正值匈奴、乌桓进犯扶风，马援见三辅地区受到侵掠、皇家陵园不能保全，就自愿请求率兵出征。只有真正为国忘身的人，才能有如此之境界。光武帝因他勉劳国事，刚刚征南回来，又要离京，命令百官都去送行，以示荣宠。

出兵的第二年秋天，马援率领3000骑兵出高柳，

先后巡行雁门、代郡、上谷等地。乌桓哨兵发现汉军到来，部众纷纷散去，马援率师而还。

公元 48 年，南方武陵五溪蛮暴动，武威将军刘尚前去征剿，冒进深入，结果全军覆没。马援时年 62 岁，请命南征。

光武帝考虑他年事已高，而出征在外，亲冒矢石，军务烦剧，实非易事，没有答应他的请求。

马援便当面向皇帝请战，说："臣尚能被甲上马。"

光武帝让他试试，马援披甲持兵，飞身上马，手扶马鞍，四方顾盼，一时须发飘飘，神采飞扬，真可谓烈士暮年，壮心不已。

光武帝见马援豪气不除，雄心未已，很受感动，笑道："矍铄哉是翁也！"于是派马援率领中郎将马武、耿舒、刘匡、孙永等人率 4 万人远征武陵。出征前，亲友来给马援送行。

马援率部到达临乡，蛮兵来攻，马援迎击，大败蛮兵。蛮兵逃入竹林中。随后，马援率军进驻壶头。

蛮兵据高凭险，紧守关隘。水势湍急，汉军船只难以前进。加上天气酷热难当，好多士兵得了暑疫等传染病而死。马援也身患重病，一时，部队陷入困境。

马援命令靠河岸山边凿成窟室，以避炎热的暑气。虽困难重重，但马援意气自如，壮心不减。每当敌人登上高山、鼓噪示威，马援都拖着重病之躯出来观察瞭望敌情。手下将士深为其精神所感动，不少人热泪横流。

最终，身经百战的马援没能敌过病魔的侵蚀，病死疆场，实现了他"马革裹尸"的英雄落幕。

马援与其他开国功臣不同，他大半生都在安边战事中度过。无论是"老当益壮"，还是"马革裹尸"，他都表现了男儿的血气方刚，实现了"生命不息，奋斗不止"的人生理想。